Hans Morgenthaler

Das Ewig-Weibliche

Zehn erotische Geschichten

Herstellung: Books on Demand GmbH

ISBN 3-8330-0321-9

Impressum

Umschlag nach dem Gemälde „D.F.-Blick" von:
Wolfgang Brunner
Roscherstr. 12
10629 Berlin

Alles Vergängliche ist nur ein Gleichnis.

Das Unzulängliche, hier wird's Ereignis.

Das Unbeschreibliche, hier ist's getan.

Das Ewig-Weibliche zieht uns hinan.

Johann Wolfgang von Goethe, Faust

Prolog

Im letzten Jahrhundert gab es die Fernsehserie 'Der große Bellheim', in der drei Männer über 60 der Welt zeigen wollten, dass sie noch nicht zum alten Eisen gehören. Bei einem Plausch fragt einer den anderen: „Wann hattest du das letzte Mal Sex?". Der antwortet: „Letzten Mittwoch - vor 10 Jahren."

An diese Szene erinnere ich mich oft. Ich bin zwar jünger als 60, aber das letzte Mal Sex hatte ich auch letzten Mittwoch - vor langer Zeit. Dafür werden die Erinnerungen an die zehn Frauen, mit denen ich eine Beziehung hatte, die über eine Nacht hinausging, immer wieder wach. Und an was erinnere ich mich am deutlichsten? An die Erotik eben.

Abgesehen von der Erotik gab es wohl auch zahlreiche andere interessante Erfahrungen mit Frauen. Darüber könnte ich mehrere Bücher schreiben. Was die Gedanken immer wieder um die Erotik kreisen lässt, sind die vielen Varianten, welche die Begegnungen mit Frauen mit sich brachten. Alle haben sie sich auf besondere Art in mein Gedächtnis eingebrannt und jede einzelne auf völlig andere Weise. Frust und Lust gehören anscheinend bei der Erotik genauso zusammen wie Sonne und Regen beim Wetter. Mit den zehn Frauen in diesem Buch habe ich beides erlebt.

Auf ihre Kosten kommen bei den zehn Geschichten sicher auch Voyeure, für diese wurden sie jedoch nicht geschrieben. Für alle, die sich daran erfreuen, auf welch unterschiedliche Weise Frauen mit uns Männern umgehen und wie verschieden ihre Erlebnisfähigkeit ist, wird klar: Eine Frau fürs ganze Leben ist, wie jeden Tag dasselbe essen, oder so ähnlich.

Die zehn Geschichten sind aus der Sicht eines Mannes geschrieben. Schön wäre es, auch die entsprechenden Versionen der Frauen zu kennen, doch leider habe ich mit keiner mehr Kontakt. Aber auch so wird klar: Erotik und Sexualität gehören zu den merkwürdigsten und wahrscheinlich auch wichtigsten Dingen in unserem Leben und sie sind voller Überraschungen.

1
Nani

Soweit ich mich erinnern kann, muss sie wohl meine erste richtige Erfahrung mit einer Frau gewesen sein. Nani war 17 oder 18 und ging noch zur Schule, ich etwa 21 und studierte schon ein paar Semester.

Sie war die jüngere Schwester eines Freundes und wir lernten uns bei einem gemeinsamen Urlaub in Griechenland kennen. Bei unserer ersten Begegnung, wirkte sie sehr distanziert auf mich. Sie gefiel mir trotzdem gleich, abgesehen von ihren extrem kurz geschnittenen Haaren. Lange Haare waren damals in meinen Augen eine Art sekundäres Geschlechtsmerkmal bei Frauen. Nani machte den Eindruck, als würden Männer und speziell ich sie überhaupt nicht interessieren.

Ich war ein verklemmter katholischer Jüngling und meine sexuellen Erfahrungen waren quasi null, wenn man von denen mit dem eigenen Körper mal absieht. Zwar war ich vorher oft verliebt, aber immer unglücklich und ich glaube, ich hatte bis dahin noch nicht mal ein Mädchen richtig geküßt.

Unser Urlaubsgespann war von einer bemerkenswerten Zusammenstellung: ein mit mir befreundetes Studentenehepaar Matze und Hella sowie Kiki, ein hagerer Jüngling mit leichtem Bauchansatz und eben Nani und ich. Von Kiki wurde gemunkelt, dass er schwul sei. Das gefiel mir insofern, als Konkurrenz von dieser Seite wahrscheinlich nicht zu befürchten war.

Wir hatten uns einen großen alten Mercedes gekauft, der meist von Matze gesteuert wurde. Hella saß vorne neben ihm und die anderen Drei mussten sich den knappen Platz hinten teilen. So kutschierten wir voll beladen nach Athen. An die Hinfahrt kann ich mich kaum noch erinnern.

In Athen wohnten wir im Hause einer älteren Schwester von Matze, die dort mit ihrem Ehemann lebte. Von da aus unternahmen wir diverse Ausflüge in die nähere Umgebung und einmal übernachteten wir im Freien direkt am Meer. Ich legte mich neben Nani. Trotz meiner Verklemmtheit begann ich im Schutze der Dunkelheit mit ihr zu schmusen. Zwar hatte ich erwartet, dass sie mir die kalte Schulter zeigt, aber sie schien gar nicht abgeneigt und ich wurde immer dreister. Es war wunderschön!

Am nächsten Morgen bei Tageslicht machte Nani einen etwas verkaterten Eindruck und ich glaubte, dass sie die Nacht bereue. Aber wahrscheinlich hatte sie genau wie ich nur zu wenig Schlaf bekommen.

Natürlich bemerkte unsere Umgebung bald, dass aus dem distanzierten Verhältnis eine Art Liebespaar geworden war und es gab besorgte Blicke und Bemerkungen.

Mehr als küssen und schmusen war unter den gegebenen Umständen nicht drin. Allerdings hat den verklemmten katholischen Jungmann bei den vielen Ausflügen im Mercedes dann wohl der Teufel geritten. Ich saß meist in der Mitte hinten und Nani rechts von mir. Kiki döste die meiste Zeit links von mir. Oder gab er nur vor zu dösen? Vorsichtig näherte ich mich mit meiner rechten Hand Nanis Schoß, wobei ich mich etwas vorbeugte, damit Kiki nichts sehen konnte. Sie spreizte leicht die Beine und ich berühre ihren Venushügel, wobei es dort mit dem Druck meiner Finger zunehmend wärmer wurde. Daran merkte ich, dass ihr das nicht unangenehm war. Ihr Atem wurde schneller und ich räusperte mich öfter, damit Kiki nichts mitbekommen sollte. Ihr Schoß vibrierte und dann bekam sie offensichtlich einen Orgasmus, wobei sich ihr Gesicht leicht rötete, aber sonst keinerlei Reaktion zeigte.

Immerhin hatte der katholische Jungmann so gelernt, dass auch Frauen ähnlich erregt werden und einen Orgasmus kriegen wie Männer.

Einmal hatten wir uns am Meer unbeobachtet in eine Felsnische zurückgezogen und begannen dort ein heftiges Spiel mit streicheln und küssen. Dabei wollte ich meine Handgreiflichkeiten im Auto auf eine weitergehende Art wiederholen: Ich schob meine Hand in das Höschen ihres Bikinis, aber da stieß ich auf Abwehr. Verstehen konnte ich das zwar nicht, versuchte jedoch auch nicht, ihre Motive zu erfragen.

Wieder zurück in Deutschland musste die Sache intensiviert werden. Leider hatte ich das berüchtigte möblierte Zimmer bei einer Rentnerin. Damals gab es noch den Kuppeleiparagraphen und übernachten einer Frau bei mir war nicht drin. So mussten wir die Sache also tagsüber angehen.

Während ich mit Nani beim Tee saß, erschien meine Vermieterin alle 10 Minuten unter irgend einem Vorwand zur Kontrollvisite. Da sie

6

uns aber immer sittsam gegenüber sitzen sah, gab sie es schließlich auf. Als wir hörten, dass sie die Wohnung verließ, hatten wir nichts Eiligeres zu tun, als uns zu entkleiden und ins Bett zu hüpfen. Da begann aber nun das Problem. Nani war zwar keine Jungfrau mehr, jedoch sehr unerfahren und bei dem verklemmten Jungmann regte sich nichts.

Eine reifere Frau hätte mich wahrscheinlich schon auf Touren gebracht, aber Nani begnügte sich damit, ihren Körper auf mich zu legen und sich leicht hin und her zu bewegen. Bei mir tat sich trotzdem nichts. Sie meinte, dass sie das überhaupt nicht störe, ich jedoch war schon irritiert und konnte es nicht fassen. Dabei hatte sie durchaus einen vollen attraktiven Körper und der natürliche Duft ihrer Haut betörte meinen Geruchssinn. Alles stimmte, nur litt ich unter dem Stress, das erste Mal meine Männlichkeit beweisen zu müssen. Zwar mimte ich den Coolen, war jedoch ziemlich frustriert.

Am nächsten Tag fuhr sie zurück in ihr Elternhaus, etwa 200 Kilometer von meinem Studienort entfernt. Dort besuchte ich sie eine Woche später. Ihre Eltern fanden mich anscheinend sympathisch und ich durfte im Zimmer des abwesenden Bruders übernachten.

In der Nacht schlich ich mich wie verabredet in ihr Zimmer und diesmal versagte mir der Stolz meiner Männlichkeit nicht seinen Dienst. Zwar war es nicht der große erotische Rausch, denn wir waren beide etwas unbeholfen. Wir genossen es jedoch sehr und kamen fast gleichzeitig zum Höhepunkt. Wovon ich viele Jahre geträumt hatte, war Wirklichkeit geworden.

Wochen später unternahmen wir nochmals einen Versuch, aber der große Hit wurde es auch diesmal nicht. Aufgrund der Entfernung zwischen unseren Wohnorten verloren wir uns dann im wörtlichen Sinn aus den Augen.

Jetzt war ich kein verklemmter Jungmann mehr und das Katholische wurde auch bald abgelegt. Nani hatte mein männliches Selbstbewußtsein erheblich gestärkt und ich hatte sozusagen 'Blut geleckt'. Nach einer kurzen Trauerphase wollte ich mich dann richtig auf die Jagd begeben. Echtes Jägerglück sollte sich dann jedoch erst nach einer sehr langen Pirsch einstellen.

2

Daddy

Es war bei einer dieser langweiligen Geburtstagsfeiern bei einem Kommilitonen. Die einzige Frau, die ohne männliche Begleitung erschien, war sehr schlank und hatte blonde Haare. Vorher hatte ich sie noch nie gesehen. Ich kam bald mit ihr ins Gespräch und erfuhr, dass sie katholisch war und Lehramt studierte.

Wir saßen auf dem Fußboden und tranken Apfelwein. Nachdem der Wein uns beide etwas lockerer gemacht hatte, kamen wir uns auch körperlich näher. Doch dann ging ihr die Sache zu weit und sie erklärte mir, dass sie eigentlich verlobt sei. Das Wort 'eigentlich' hatte es natürlich in sich. Ich entgegnete darauf: „Na, und?" Das verwunderte mich selbst, denn so keck war ich selten. Ich kann mir das nur so erklären, dass die Frau mich nicht wirklich interessierte und ich deshalb ganz locker bleiben konnte. Das ist heute noch so, wenn mich eine Frau ernsthaft interessiert, bin ich ein Idiot, schüchtern und rede den größten Blödsinn. Jede Form von Zurückweisung demoralisiert mich sofort. Meine größten Erfolge hatte ich oft bei Frauen, die mich nur mäßig reizten. So war es auch bei Daddy. Ich fragte mich, wie sie zu dem Kosenamen gekommen war. Als sie mir ihren richtigen Namen sagte, fand ich den Kosenamen doch besser, denn sie hieß Erdmute. Erdmute heißen, katholisch und verlobt sein, das war doch wirklich eine unschlagbare Kombination.

Ich brachte sie mit meinem alten VW-Käfer nach Hause, und beim Abschied küssten wir uns. Wie meist bei Erotik im Auto war, soweit ich mich erinnere, noch etwas Petting angesagt. Wir verabredeten uns für den nächsten Tag in meiner Studentenbude.

Sie erschien um Neun und war in ein luftiges Sommerkleid gehüllt. Nach einigen Schmusereien kamen wir bald zur Sache und hüpften in mein Bett. Da sie ja 'verlobt' war, ging ich davon aus, dass die Verhütung von ihr geregelt wurde. Sie deutete auch an, dass die neuen Errungenschaften der Pharmazie in Pillenform von ihr genutzt werden. Meine Erinnerungen an das Fiasko mit Nani wurden nicht hervorgekramt und ich stand bald meinen Mann. Als ich eindrang, hatte ich das Empfinden, ins Leere zu stoßen. Eine merkwürdige Geschichte war das, ihre Lustgrotte wirkte weit wie ein Scheunentor auf mich. Ich sagte dazu nichts, aber das richtige Gefühl wollte sich bei mir nicht einstellen und wir brachen die Sache nach einiger Zeit ab.

Ich will mich hier nicht in anatomische Details verlieren. Viel später lernte ich in einem anderen denkwürdigen Zusammenhang, dass Frauen eine Scheidenmuskulatur besitzen. Daddy hatte von ihrer ganzen körperlichen Konstitution das, was man als schlaffen Muskeltonus bezeichnet und so stand es wohl auch um die Muskeln ihrer weiblichen Höhle.

Damals war ich halt nur frustriert und dachte, dass es von meiner Seite mal keine Hindernisse gab und jetzt das. Ich musste wohl noch sehr viel lernen.

Wir unternahmen an anderen Tagen noch ein paar Versuche, aber ich traute mich nicht, zu erklären, was mich störte. Das Ganze blieb dann eine kurze Episode und erschien mir in meiner erotischen Entwicklung eher wieder als Rückschritt.

3
Lisa

An die erste Begegnung mit ihr erinnere ich mich nur noch unscharf. Lisa tauchte eines Tages in einer Studentenkneipe mit einem Kommilitonen auf. Ich merkte gleich an ihrem Akzent, dass sie Amerikanerin war. Ich erfuhr, dass sie unter abenteuerlichen Umständen nach Europa gekommen war und jetzt bei einer Elektronikfirma arbeite. Sie liebte Katzen und konnte gut kochen. Eines Tages lud sie mich in ihre kleine Wohnung zum Essen ein, worüber ich sehr erfreut war, denn das Essen in der Mensa war zwar reichlich und warm, hing mir aber sozusagen zum Halse heraus. Ich selbst war unfähig, etwas zu kochen, das essbar war.

Lisa war bei meinen Bekannten sehr beliebt und fuhr ein kleines Motorrad, was man bei deutschen Frauen sehr selten sah. Deshalb erregte sie bei ihrem Auftauchen oft Aufsehen. Ich hatte noch immer den alten VW-Käfer und revanchierte mich für das Essen, indem wir mehrmals einen Ausflug im Auto unternahmen.

Alle wußten, dass Lisa in mich verliebt war, nur ich nicht, oder ich wollte es nicht wissen. Alle versuchten, uns zu verkuppeln, aber ich blieb stur. Ich fand sie zwar nett und amüsierte mich, wenn ich sie mit ihrem breiten Hintern auf ihrem Kleinkraftrad fahren sah, doch interessierte mich zu der Zeit eine Blonde aus der meiner Nachbarschaft mehr.

Eine gemeinsame Bekannte erklärte mir, dass Lisa für einige Wochen eine Unterkunft benötige, weil ihre Wohnung umgebaut würde und ich hätte doch zwei Zimmer... Mir war zwar klar, dass dies wieder einer dieser Kuppelversuche werden sollte, ich hatte jedoch ein hilfsbereites Herz und willigte ein.

Wenn wir schlafen gingen, gab ich Lisa einen Gute-Nacht-Kuss auf die Wange und jeder ging in sein Zimmer. Doch meine Freunde ließen einfach nicht locker. Wir wurden gemeinsam eingeladen und der Alkohol floss in Strömen. Als wir beide mal wieder deutlich angeheitert nach Hause kamen, musste ich Lisa mehr oder weniger in ihr Bett tragen. Sie ließ sich fallen und hielt dabei ihre Arme um meinen Hals ge-schlungen. Ich verlor das Gleichgewicht und lag unversehens auf ihr. Sie seufzte. An den Rest kann ich mich nicht mehr genau erinnern. Es kam wohl zum Äußersten und wir beide zu einem Orgasmus.

Richtig aufregend fand ich die Sache nicht, aber es war zunächst mal wieder das Ende meiner Enthaltsamkeit und das war doch auch was. Verliebt war ich wohl auch nicht und es kribbelte nicht in meinem Bauch, aber auf eine gewisse Art fühlte ich mich plötzlich bei ihr zu Hause und wurde von einigen meiner männlichen Freunde sogar beneidet.

Lisa zog nie wieder richtig in ihre umgebaute Wohnung und ich hatte endlich das, wovon jeder Jungmann träumt: regelmäßigen Sex. Je mehr wir davon bekamen, um so besser wurde die Sache und Lisa war wohl auch erfahrener als ich. Zeitweise trieben wir es so toll, dass sie an den Lustzentren eine Schwellung bekam und sich in ärztliche Behandlung begeben musste. Der Arzt konnte ihr nur vorübergehende Enthaltsamkeit verordnen.

Ich lernte Dinge, von denen ich vorher nicht die geringste Ahnung hatte: Dass „Mann oben" nicht unbedingt die einzig selig machende Position ist, dass es eine Klitoris gibt und was Frauen sonst noch so alles anmacht. Ich erfuhr, dass es sehr gut sein kann, wenn man sich viel Zeit lässt und dass Mann noch andere erogene Zonen als den Penis hat. Ein angefeuchteter Finger in meinem Po zum Beispiel konnte die Lust glatt verdoppeln. Und Sex am Nachmittag war das Beste überhaupt.

Wir waren bald so gut aufeinander abgestimmt, dass wir fast immer ohne besondere Mühe gleichzeitig den Gipfel erreichten. Einmal erzählte sie mir, sie habe während eines Durchgangs drei Orgasmen gehabt, jeder stärker als der vorhergehende. Ich sagte dazu nichts, aber staunte. Sollten uns da Frauen etwas voraus haben? So etwas hatte ich noch nie gehört oder gelesen. Ein Hauch von Neid kam bei mir hoch, aber trotzdem war ich natürlich stolz, dass ich einer Frau mehrere Höhepunkte verschaffen konnte. Oder hatte sie sich die einfach selbst besorgt und mein Beitrag bestand lediglich darin, dass ich lange genug durchhielt? Nie wieder hat mir eine Frau später derartiges berichtet.

Wir lebten mehrere Jahre zusammen und heirateten sogar. Während unserer Hochzeitsreise auf die Insel Elba übernachteten wir im Zelt auf einem Campingplatz. Hier ergab sich das Problem, das wir beim Vögeln gerne gedämpftes Licht hatten, aber befürchteten, dass man uns dabei von außen beobachten könne. Ich erklärte Lisa, dass man den Schatten unserer Körper wohl nur auf dem Innenzelt sieht, nicht jedoch auch auf der äußeren Zeltplane. Lisa vertraute meinen physikalischen Kenntnissen und hatte keinen Einwand. In der ersten Nacht lief dann auch ein ausgiebiges Liebesspiel beim Schein einer Petroleumlampe ab.

Am nächsten Morgen schien es mir, als ob unsere Nachbarn uns auf merkwürdige Weise ansahen. Ich ahnte, dass wir in der Nacht, entgegen meinen Physikkenntnissen interessante Schattenspiele produziert hatten. Das wurde zur Gewissheit, als ich von außerhalb des Zeltes beobachtete, wie Lisa sich im Licht der Petroleumlampe auszog. Unser Erotik-Kino fand von da an unter Ausschluss der Öffentlichkeit statt.

Mit den Jahren wurde der Sex auf bestimmte Art anstrengender für uns beide. Wir kamen oft nur noch zum Höhepunkt, wenn Lisa auf sehr wilde Art auf mir ritt. Ich erwischte mich dabei, dass ich immer häufiger auch mal anderen Frauen hinterhersah. Da gab es zum Beispiel junge Kolleginnen, mit denen ich mir einen näheren Kontakt gut vorstellen konnte. Aber das waren Phantasien, deren reale Umsetzung für mich zunächst keine wirkliche Basis zu haben schienen.

Ansonsten waren das klassische Ehejahre. Wir waren um die Dreißig, verdienten richtig Geld, verreisten oft und hatten viele Freunde. Die Welt schien völlig in Ordnung zu sein. Wir hatten Bekannte, die schon lange zusammen lebten oder verheiratet waren und von denen wir wußten, dass der Seitensprung eine normale Form ihrer erotischen Praxis war. Aids war auch noch kein Thema und die sogenannte freie Liebe, als sexuelle Befreiung gefeiert, wurde in unserer Altersgruppe bei manchen sogar zur einzig wahren Form heterosexueller Verhaltensweisen erklärt. Für Lisa und mich war so etwas zunächst kein Thema, bestenfalls insofern, als wir uns über andere Paare mokierten.

Eines Tages eröffnete mir Lisa so ganz nebenbei, dass sie mit einem Freund von mir geschlafen habe. Ich war schockiert, selbst hätte ich einen Seitensprung nie gewagt. Das sollte sich jedoch bald ändern.

12

4

Andrea

Lisa machte eine Ausbildung 50 Kilometer entfernt in einer anderen Stadt und eines Tages anläßlich einer Geburtstagsfeier, ich glaube, ich wurde 34, brachte sie eine junge Kollegin mit. Sie hieß Andrea und war 19 Jahre alt. Als ich sie sah, mit ihrem langen bunten Rock und den glatten blonden nach hinten gebundenen Haaren, bekam ich einen Stich in der Herzgegend.

Wir begrüßten uns freundlich und ich musste sie den ganzen Abend immer wieder ansehen. Sie hatte breite Hüften und soweit man das unter dem Rock erahnen konnte, einen göttlichen Hintern. Brüste haben mich immer nur nebenbei interessiert, auch da schien auch alles gut geformt zu sein. Sie hatte ein hübsches Gesicht mit einer markanten Nase und einem vollen sinnlichen Mund. Ihr schüchternes aber herzliches Lachen und der lange Rock standen ihr ausgezeichnet. Da schien für mich ein Traum Wirklichkeit geworden zu sein. Ich machte mir jedoch keine Hoffnungen, denn ich sagte mir, dass sie zu gut aussieht und deshalb junge Männer in ihrem Alter sicher Schlange bei ihr stehen und sie mich wahrscheinlich kaum beachten wird. Das war zu meinem Glück eine echte Fehleinschätzung.

Sie hatte einen Freund in ihrem Alter, über den erzählte sie wenig bei den weiteren Besuchen, die sie bei uns machte. Einmal, als sie bei uns übernachtete und Lisa schon zu Bett gegangen war, begleitete ich sie in ihr Zimmer und küsste sie. Sie reagierte sehr leidenschaftlich und wir begannen einen heftigen Körperkontakt. Da war kein Deo und kein Parfüm, nur der Duft ihrer Haut betörte meinen Geruchsinn. Als ich ihre Brüste unter dem T-Shirt streichelte, fing ich an zu zittern. Sie bemerkte das und ich flüsterte, es sei etwas kühl im Zimmer. Wir wußten natürlich beide, dass das nicht der Grund für mein Zittern war. Sie erklärte, wenn Lisa im Nebenzimmer schläft, sei sie gehemmt. Nur widerstrebend trennte ich mich von ihrem Körper. In dieser Nacht schlief ich wenig und während ich wach lag, erkannte ich, da war mir etwas Neues, Unbekanntes begegnet, das ich mit Lisa nie erlebt hatte: Leidenschaft und weiche Knie.

Im Sommer planten wir einen Urlaub mit einem jungen Paar und Andrea mit Freund sollten auch mitkommen. Einerseits freute ich mich, dass Andrea mitfuhr, auf den Freund war ich jedoch eifersüchtig. Als ich ihn dann kennenlernte, relativierte sich die Eifersucht, denn er war ein sportlicher langweiliger Typ, der gerade sein Abitur bestanden hatte. Intellektuell war er sowohl Andrea als auch mir haushoch unterlegen, doch er sah sehr gut aus.

Schon auf der Hinfahrt Richtung französische Atlantikküste mit einem Umweg über die Normandie passierten merkwürdige Dinge. Wie ich mit Genugtuung beobachtete, verstanden sich Martin und Andrea nicht sehr gut und stritten ständig.

Einmal war ich mit Andrea allein, die anderen waren einkaufen und es regnete. Wir saßen in einem Zelt und tranken Kaffee. Plötzlich verspürte ich das Bedürfnis, ihr über die Wange zu streicheln und gab dem auch nach. Sie sagte lächelnd: „Das hat mein Opa auch immer bei mir gemacht und das war sehr schön." Ich wurde etwas unsicher, hieß das etwa, dass sie mich als Opa ansah? Schließlich war ich 15 Jahre älter als sie. Und wer will schon mit seinem Opa schlafen? Viel später gestand sie mir, dass eben gerade der große Altersunterschied sie erotisch reizte.

Am nächsten Morgen beim Aufbruch kam Lisa zu mir an den Wagen und erklärte, sie würde mit Andrea die Plätze tauschen, denn Martin und Andrea hätten Streit und außerdem würde sich damit sicher für mich ein Herzenswunsch erfüllen. Ich war mächtig erstaunt, widersprach jedoch nicht. Fortan fuhr Andrea an meiner Seite und Lisa mit Martin. Während der langen Fahrt führten wir häufig Gespräche mit eindeutig erotischem Inhalt, ohne jedoch Personen zu nennen.

Am Abend auf einem Campingplatz in der Normandie tranken wir viel französischen Rotwein. Andrea und ich saßen etwas abseits im Schatten der Nacht. Wir faßten uns an und immer wenn ich ihren Körper fühlte, kam ich mir vor wie im Paradies. Der Wein lieferte natürlich einen erheblichen Beitrag zum paradiesischen Gefühl. Am nächsten Tag wußte ich, dass ich verloren war. Wo sollte das nur hinführen?

Als wir unser Urlaubsziel auf der Atlantikinsel Ré erreichten, ergab es sich, dass Lisa und Andrea auch in den Zelten die Plätze tauschten. Wie das vonstatten ging, weiß ich nicht mehr, denn ich war wie im Fieber.

Die erste Nacht mit Andrea ist mir jedoch so präsent, als sei es gestern gewesen. Wir schlüpften nackt unter die Schlafsäcke und berührten uns ganz vorsichtig. Der Körper, den ich da spürte, war voller unverkrampfter Spannung. Alles fühlte sich rund und warm an. Wir küssten uns, während meine Hand zu ihrem Schoß glitt. Als ich ihn streichelte, bemerkte sie leise: „Das machst du sehr gut und fummelst nicht wie andere Männer ziellos umher." Ein schönes Kompliment und wohl ein Hinweis auf das Gebaren ihres Freundes Martin. Als ich in sie eindrang, gab sie einen leisen Schrei von sich.

Es war wunderschön und ich hatte einen kosmischen Orgasmus. Eine entsprechende Reaktion bei ihr hatte ich jedoch nicht bemerkt. Sie bat mich, noch länger auf ihr liegen zu bleiben. Wir streichelten uns wieder und ich bewegte mich ansonsten nicht. Leider ist es ja bei uns Männern so, dass nach dem Höhepunkt die Erregungskurve sofort auf Null zurückgeht und wir uns dann meist schnell zu Seite wälzen. Als wir in der Nacht aufwachten, wiederholte sich das schöne Spiel, nur störte mich, dass ich wieder keine orgasmischen Zeichen bei ihr wahrnahm.

Am nächsten Morgen beim Aufwachen wollte ich mich meiner Geliebten nähern und das Wunder der Nacht wiederholen. Aber sie wies mich brüsk zurück. Ich musste lernen, dass bei Andrea kurz nach dem Aufwachen Sex oder Zärtlichkeit tabu waren.

Auf dem Weg zur Campingdusche, tauchte sie plötzlich auf und wollte mit mir zusammen in die Kabine. Zum Duschen kamen wir jedoch zunächst nicht, denn kaum dass wir uns nackt gegenüber standen, musste ich sie streicheln und konnte jetzt besonders gut ihren wunderbar geformten Hintern erfühlen. Ein solch prachtvolles Gesäß habe ich später nie wieder genießen können. Ich bekam sofort eine mächtige Erektion und drang in sie ein. Allerdings kann ich im Stehen nicht richtig und wir brachen die Sache ab, um uns dann doch der Reinigung der Körper zu widmen. Ich beobachtete sie dabei genüßlich. Hier stand die Fleisch gewordene Ausgabe all meiner erotischen Träume.

Die ganze Sache wurde bald zum Problem, denn Martin wollte sich nachts an Lisa ranmachen, aber sie ließ in abblitzen. Lisa wurde eifersüchtig und wollte mit mir schlafen, was wir dann in Abwesenheit der anderen taten. Es lief ziemlich verkrampft ab. Mir war klar, dass ich mich hauptsächlich für Andrea interessierte und allen war nicht ganz wohl bei dieser merkwürdigen Konstellation.

Doch die eigentlichen Probleme begannen erst nach dem Urlaub, als Andrea wie früher an den Wochenenden zu Besuch kam. Lisa mietete sich an ihrem Ausbildungsort ein Zimmer und verbrachte die meiste Zeit dort, denn eine Ehe zu dritt wollte sie nicht führen.

Mit Andrea unternahm ich an den Wochenenden manchmal einen Kinobesuch, aber hauptsächlich gaben wir uns unserer Leidenschaft hin. Manchmal haben wir den ganzen Sonntag im Bett verbracht.

Der Zustand war zwar ganz angenehm für mich, aber die ungeklärte Situation mit Lisa drückte mir manchmal auf die Seele. Dann gab es auch Hinweise für mich, dass Andrea mir nicht hundertprozentig treu war. Das machte mich rasend.

Wenn ich sie darauf ansprach, bemerkte sie schnippisch, dass ich kein Recht habe, ihr Vorschriften zu machen, denn schließlich sei ich immer noch verheiratet. Ich hatte zunehmend das Gefühl, dass ich mich auf Andrea nicht verlassen konnte und vielleicht doch meine Ehe restaurieren sollte. Als ich Andrea meine diesbezüglichen Gedanken mitteilte, reagierte sie völlig verärgert und brach den Kontakt mit mir sofort ab.

Es zeigte sich bald, dass meine Ehe mit Lisa nicht mehr zu retten war. Ich hatte über mehrere Jahre immer mal wieder Kontakt mit Andrea. Dabei ergaben sich für mich oft neue berauschende erotische Erfahrungen, aber aus dem Paradies war ich erst mal vertrieben.

Andrea war an erotischen Dingen sehr interessiert und ich erlebte sie in der Hinsicht als sehr kreativ. Sie war die einzige Frau, die mir gestand, dass sie es häufig mit einem Vibrator treibe und dass sie eine sehr direkte und harte Stimulation brauche, um zum Höhepunkt zu kommen. Man muss wohl den eigenen Körper erst mal richtig kennen lernen, um dann mit einem anderen zum Genuß zu kommen.

Nach einiger Zeit fand sie heraus, wie sie zum Orgasmus mit mir kommen konnte: Durch wildes Reiten auf mir und das wurde dann unser bevorzugter Sport. Sie behauptete einmal, ich sei der einzige Mann, mit dem sie jemals einen Höhepunkt hatte. Ein schönes Kompliment, aber für eine dauerhafte Bindung reichte das offensichtlich nicht.

Bei unseren späteren Begegnungen haben wir beide häufig noch neues im Reich der Erotik entdeckt. Eine wahrscheinlich unwiederholbare Sinnesorgie ereignete sich während einem meiner Besuche in

Berlin, wo sie studierte. Es klingt nach Leistungssport, war aber genau das Gegenteil: vier Stunden entspannte Lust ohne Unterbrechung. Es begann wie so oft in der Missionarsposition und sie hatte Angst, ich könnte zu schnell sein. Wie meistens wollte sie die Sache von oben selbst steuern. Ich sah in der Reiterposition durchaus Vorteile. Ich konnte ihren Prachtkörper und besonders den göttlichen Hintern dabei ausgiebig befühlen. Mit zunehmendem Alter oder Erfahrung konnte ich anscheinend meinen Höhepunkt beliebig hinauszögern und sie hatte sowieso eine lange Anlaufzeit.

Wie gesagt, vier Stunden ging das so, wobei wir dann auch mal die Position änderten, vornehmlich steuerte sie die Sache jedoch obenauf. Dass so etwas möglich ist, erscheint mir auch heute noch mysteriös, denn das bedeutet logischerweise mehrere Stunden Dauererektion. Andrea hatte das wohl auch noch nicht erlebt und rief zwischendurch aus: „Mein potenter, potenter Hans". Ich erklärte ihr, dass so eine Leistung wahrscheinlich nur dann möglich ist, wenn auf der anderen Seite jemand ist, der extrem erotisch wirkt und Mann so stark und dauerhaft anregt. Gegen Morgen schlug ich vor, zu schlafen und als ich gerade mal wieder oben war, entspannte ich mich gezielt. Sonst könnte man hier lesen: ... und wenn sie nicht gestorben sind, dann vögeln sie noch heute.

5

Carmen

In der Endphase meiner Ehe mit Lisa und nachdem ich von Andrea lange nichts mehr gehört hatte, gab es einen total verregneten Sommer. Ich packte kurz entschlossen mein Auto mit Campingsachen voll und fuhr einfach nach Süden durch Frankreich und Spanien Richtung Portugal. Ich brauchte dafür mehrere Tage und wollte an der Algarve Freunde treffen, die dort Urlaub machten.

Ich war in keiner guten psychischen Verfassung, hatte gerade eine Gallensteinoperation überstanden und sehnte mich nach Zärtlichkeit und Sex mit einer Frau. In Portugal muss ich meinen Freunden ziemlich auf die Nerven gefallen sein. Wenn man es so nötig hat, klappt bekanntlich nichts mit Frauen.

Nach einer Woche Badeurlaub fuhr ich über Lissabon und Porto die portugiesische Atlantikküste nach Norden entlang. Es hielt mich nirgendwo lange, denn ich war voller innerer Unruhe und hatte bald die Grenze zum Norden Spaniens überquert.

An einem späten Nachmittag am Ausgang einer kleinen Stadt standen am Straßenrand vier junge Spanierinnen mit Rucksäcken und wollten mitgenommen werden. Ich hielt an, denn nette Begleitung auf meiner einsamen Fahrt konnte mir gut tun. Ich gab ihnen zu verstehen, dass aus Platzgründen höchstens zwei mitfahren könnten, aber sie bedeuteten mir, entweder alle Vier oder keine.

Ich weiß zwar nicht, wie wir das Kunststück der Verständigung zuwege brachten, denn ich sprach kein Spanisch und sie keine Fremdsprachen, es klappte jedoch und sie zwängten sich mit ihren Rucksäcken in meinen Wagen. Eine gab vor, etwas Französisch zu sprechen, damit war es aber auch nicht weit her. Mit Hilfe des Rückspiegels konnte ich mir während der Fahrt ein Bild von den Damen machen: Sie waren sehr jung, das heißt höchstens 20 und von sehr unterschiedlichem Aussehen. Eine war sehr schlank und hielt sich wohl für schön, so eine kühle Blonde und ziemlich geschwätzig. Die Zweite war etwas pummelig und hatte wie die beiden anderen blauschwarze Haare. Die Dritte war recht klein und unscheinbar.

Die sich vorne auf den Beifahrersitz gesetzt hatte und anscheinend die Anführerin war, erweckte sofort mein höchstes Interesse. Sie war relativ groß, schlank aber mit runden Formen und einem für meinen Geschmack wunderschönen Gesicht, zu dem ihre langen schwarzen Haare hervorragend passten. Und die großen dunklen Augen! Wir stellten uns gegenseitig vor, die Blonde hieß Annemarie, die Kleine Salud und die Pummelige Maria. Die aufregende Südländerin neben mir trug den klassischen Namen Carmen und ich dachte sofort an die männermordende Zigeunerin in der Oper von Bizet.

Meine Stimmung besserte sich sofort um 200 Prozent. Die Mädels hinten waren ganz lustig und sangen während der Fahrt. Die rassige Schönheit neben mir wirkte etwas ernst. Am Abend erreichten wir die nordspanische Küste, meine Begleiterinnen organisierten eine Unterkunft, dann spazierten wir gemeinsam zum Abendessen in ein Restaurant, in dem nur Spanier verkehrten. Auf dem Weg dahin ging ich hinter Carmen und konnte meinen Blick nicht von ihr wenden. Sie trug eine enge Jeans-Latzhose unter der sich ein wunderschöner Hintern abzeichnete. Es gab eine leichte Abweichung von der Idealform, aber gerade das faszinierte mich.

Auf irgend eine Art verständigten wir uns während des Essens, obwohl mir heute unklar ist in welcher Sprache. Wir tranken Wein der Region und wurden immer lustiger. Ich flirtete mit Carmen wie ein Weltmeister.

Es ergab sich dann wie von selbst, dass ich mit den vier Grazien eine Woche an der nordspanischen Küste verbrachte, jeden Tag an einem anderen Ort. Oberflächlich betrachtet, war es eine Art Symbiose. Ich hatte einen Wagen und sie mussten nicht mehr als Anhalterinnen auftreten. Sie organisierten alles und zeigten mir Spanien aus spanischer Sicht. Es wurde der schönste Urlaub meines Lebens. Ein wesentlicher Grund dafür war, dass ich mich mehr und mehr in Carmen verliebte und dies anscheinend erwidert wurde. Das sollte mal wieder eine Premiere zu werden: Ich verliebte mich richtig romantisch über beide Ohren und traf sofort auf Entgegenkommen.

An einem sonnigen Tag fuhren wir alle ans Meer zum Baden und ich war natürlich gespannt wie ein Flitzebogen, wie Carmen im Badeanzug aussah. Sie trug einen für spanische Verhältnisse knappen Bikini und ich wurde nicht enttäuscht: Ein Körper wie gemalt.

Später erzählte mir Carmen, dass sie eigentlich erwartet hatte, dass ich auf Annemarie die kühle Blonde fliege und sie freudig erregt feststellen musste, dass ich eigentlich nur Augen für sie hatte.

An einem Nachmittag gelang es Carmen, ihre Freundinnen alleine zu lassen und wir zogen Händchen haltend durch die Stadt Gijon. Es wurde immer klarer, dass wir beide schwer ineinander verliebt waren. Über harmlose Zärtlichkeiten kamen wir jedoch unter den gegebenen Umständen nicht hinaus.

Nach einer gemeinsam erlebten Woche, in der ich mich im Himmel wähnte, gab es einen traurigen Abschied und wir tauschten natürlich Adressen aus. Ich rechnete eigentlich damit, dass wir uns nie wiedersehen würden, es kam dann doch ganz anders.

Wieder in Deutschland kaufte ich mir ein Wörterbuch und ein Lehrbuch, um Spanisch zu lernen. Mein erster Brief war eine kurze Mixtur aus spanischen und französischen Brocken. Ihre Antwort überraschte mich, denn sie schrieb gleich, dass sie glaube, einen neuen wundervollen Freund gefunden zu haben. Das rührte mein Herz doch sehr.

Mein Spanisch wurde immer besser und die Briefe immer länger. Im Herbst flog ich nach Alicante, denn dort in der Nähe in einem kleinen Ort in den Bergen wohnte sie bei ihren Eltern.

Ich wurde bei ihrer verheirateten älteren Schwester einquartiert. Wir sahen uns nicht so oft, wie ich es mir wünschte, denn sie arbeitete in einer Puppenfabrik und besuchte eine Abendschule. Wir lernten uns besser kennen, aber erotisch gab es keinerlei Fortschritte.

Der zweite Besuch an Weihnachten war da schon besser. Wir fanden Gelegenheiten, uns ausgiebig zu küssen und ich streichelte ihre wohlgeformten Brüste. Sehr leidenschaftlich wirkte sie jedoch nicht auf mich. Die Zigeunerin aus der Oper war das nicht. Das störte mich nicht, denn ich genoß einfach die wenigen Tage des Zusammenseins mit ihr. Sie hatte einen besonderen Humor und wir lachten viel. Häufig amüsierten wir uns köstlich über sprachliche Missverständnisse, die merkwürdigerweise meist einen sexuellen Bezug hatten. Ihre Freunde akzeptierten mich und verwickelten mich gern in Diskussionen.

Zwischen den Besuchen gab es heiße Liebesbriefe und in einem nannte sie mich: „Mann meines Lebens". Im Frühjahr des nächsten Jahres planten wir gemeinsam mit Schwester und Schwager eine Reise nach Andalusien.

In der Nähe von Granada in den Bergen fanden wir ein recht romantisch gelegenes Hotel. Schon am ersten Abend war ich angenehm überrascht, denn es ergab sich ganz selbstverständlich, dass Carmen und ich ein gemeinsames Hotelzimmer bewohnten. Als wir zum ersten Mal allein waren, küsste und umarmte sie mich. Nachdem wir zu Bett gegangen waren, wuchs meine Spannung ins Unermessliche. Ich war etwas verunsichert, denn ich ahnte, dass Carmen wenig sexuelle Erfahrung hatte. War sie vielleicht sogar noch Jungfrau? Über Verhütung sprachen wir nicht, denn ich war gewohnt, dass sich die Frauen darum kümmerten. Ich merkte sofort, dass ich es mit einer völlig unerfahrenen Frau zu tun hatte. Ich hatte aber auch noch nie mit einer Jungfrau geschlafen. Sollte das mal wieder eine Premiere werden?

Als wir nebeneinander lagen, war die Spannung auf beiden Seiten greifbar und es fiel kein einziges Wort. Ich wartete geraume Zeit und näherte mich ganz langsam ihrem Körper, an dem sich alles wundervoll anfühlte. Der Duft ihrer Haut betörte mich und ich wähnte mich im berühmten siebten Himmel. Von draußen fiel nur gedämpftes Licht durch die Vorhänge. Kein Geräusch drang in das Zimmer.

Nachdem ich den Eindruck hatte, dass wir beide ausreichend erregt waren, versuchte ich, in sie einzudringen. Doch jetzt erlebte ich wieder mal eine Riesenüberraschung: Die Tür war fest verschlossen. Soviel wußte ich, das Jungfernhäutchen konnte das nicht sein. Ich machte noch mehrere vergebliche Versuche. Wir schwiegen weiterhin beide. Nachdem wir noch einige Zärtlichkeiten ausgetauscht hatten, überfiel uns der Schlaf, wir wachten jedoch bald wieder auf. Sie bedeutete mir, dass ich schnarche. Ich blieb wach und grübelte vor mich hin. Die erste Nacht mit der Liebe meines Lebens, ein Fiasko. Mir dämmerte, dass es sich hier wohl um den umgekehrten Daddy-Effekt handelte: eine Art Scheidenspasmus, eventuell unbewusst aus Angst vor einer Schwangerschaft oder aufgrund einer falsch gelaufenen Sexualerziehung.

Am Tag darauf hatte ich das alles vergessen. Granada, die bizarre Kulisse der Berge oberhalb der Stadt, die Gärten des Generalife, die Alhambra und all das mit der schönsten und liebenswertesten Frau der Welt erleben zu können. Wir alberten herum, sie fasste mich manchmal an den Hintern mit der Bemerkung, dass er so wohlgeformt sei. Wir spielten das Spiel 'Liebespaar im Streit': Jeder ging auf einer anderen Straßenseite und wir ignorierten uns, indem wir bestenfalls aus den Augenwinkeln einen verstohlen Blick auf die gegenüberliegende Seite warfen. Um so schöner war dann wieder die Versöhnung.

Die nächste Nacht erwartete ich wieder mit Hochspannung. Ich versuchte alle meine Künste, um sie zu stimulieren. Die direkte Berührung der Klitoris war ihr jedoch zu intensiv. Auf das Eindringen verzichtete ich zunächst. Dann ist es doch passiert: Die Tür war offen. Meine Geliebte bedeutete mir jedoch, dass sie Angst vor einer Schwangerschaft habe und wir spielten nur etwas herum. Ich war erst mal beruhigt.

Am nächsten Morgen kurz vor der Abreise sprach sie davon, dass etwas Blut auf dem Laken sei. Ich habe das nicht überprüft, war jedoch insofern erstaunt, als ich von einer Entjungferung nichts bemerkt hatte. Warum wollte sie mir weismachen, dass sie noch Jungfrau war? Sollte damit die verschlossene Tür am Vorabend erklärt werden? Aber auch darüber machte ich mir bald keine Gedanken mehr.

Wir verbrachten noch ein paar erlebnisreiche Tage in Andalusien und auch an ihrem Wohnort, aber erotisch gab es keine weiteren Fortschritte. Warum hatte ich Idiot mich auch nicht um das Thema Verhütung gekümmert? Unserer Liebe schadete das jedoch nicht. Beim Abschied rief ich ihr zu: „Vergiß mich nicht!" Sie antwortete: „Niemals!"

Es folgten mehrere Monate mit dem Austausch von glühenden Liebesbriefen. Für die darauf folgenden Sommerferien lud ich sie nach Deutschland ein. Ihre Schwester und ihr Schwager kamen als Anstandswauwaus mit. Aber ich mochte die beiden und sah darin kein Problem.

Bei der Ankunft erlebte ich eine ausgesprochen kühle Carmen. Als ich mit ihr alleine sprechen konnte, meinte sie, durch die große räumliche Distanz kompliziere ich ihr Leben und sie sei nur gekommen, weil die Reise seit langem geplant gewesen sei. Mir schwante Übles und ich reagierte darauf eingeschnappt: „Ja, wenn das so ist...". Beim Auspacken ihres Koffers zeigte sie mir, dass sie sich die Pille besorgt hatte und das verwirrte mich nun wieder. Warum besorgt sich das Mädchen die Pille, wenn sie die Beziehung mit mir beenden will? Die Zeit bis zum Abend verging ausgesprochen frostig, was ihrer Schwester und ihrem Schwager natürlich nicht entging.

In der ersten Nacht erlebte ich erneut eine üble Überraschung, obwohl ich später darüber gelacht habe. Sie tauchte mit einem merkwürdigen Mieder im Bett auf, das so fest auf ihren Körper zementiert schien, dass jeder Mann sich die Zähne daran ausbeißen konnte. Die Szene erinnerte mich sofort an einen Buñuel-Film, in dem die attraktive Geliebte eines älteren Bourgeois mit einem ähnlichen Mieder auftaucht, das tausend Verschnürungen besitzt und den Herrn zur Verzweiflung bringt, weil er nicht die Geduld hat, alles aufzuschnüren. Auf meine Frage, was das solle, antwortete Carmen, dass der Arzt ihr geraten habe, erst zu kopulieren - genau das Wort benutzte sie - wenn sie die Pille wenigstens eine Woche genommen habe. Ich sagte nichts mehr dazu. Meine üblen Vorahnungen schienen sich zu bestätigen. Einen Kuss vor dem Einschlafen gab es dann aber doch noch.

Trotzdem verbrachten wir am nächsten Tag angenehme Stunden, in denen ich meinen Gästen die üblichen touristischen Attraktionen in der Nähe meines Wohnortes zeigte. In der Nacht tauchte Carmen nicht mehr mit dem Mieder auf, sondern in einem durchsichtigen Nachthemd. Da war mir sofort klar, es war ein Kontrastprogramm angesagt, oder war die Woche jetzt um?

Das Nachthemd hielt sich nicht lange an ihrem Körper und ich gab mein Bestes. Sie war auch bald richtig stimuliert und wirkte ganz locker. Aber von Leidenschaft dann keine Spur. Sie verhielt sich so passiv, daß die Sache richtig anstrengend für mich wurde und ich froh war, endlich einen Orgasmus zu bekommen. Aber immerhin hatte ich mich mit der vermeintlichen Liebe meines Lebens endlich richtig vereinigt und das ließ doch hoffen.

Leider änderte sich auch in den folgenden Nächten an ihrer Passivität wenig und einmal sagte sie dazu wie sich entschuldigend: „Armer Hans!"

Eine Ausnahme gab es schließlich doch. Wir hatten uns nachmittags hingelegt, um uns von den anstrengenden touristischen Exkursionen zu erholen und sie begann plötzlich damit, meinen ganzen Körper zu untersuchen. Dabei bedeutete sie mir, dass ich mich völlig passiv zu verhalten habe. Sie entkleidete mich völlig und gelangte nach vielen Liebkosungen zur Mitte meines Körpers. Dann streichelte sie meinen Penis und der begann sich aufzurichten. Sie machte Anstalten, mich weiter zu stimulieren, bedauerte dann aber, dass sie nicht genau wisse, wie das richtig geht. Ich gab ihr fachmännische Anweisungen und der Lernerfolg trat sofort ein. Ich fing anscheinend so laut an zu stöhnen, dass sie mir den Mund zuhielt, damit man den Ausdruck meiner Lust nicht im ganzen Hause hört. Ich bekam einen ordentlichen Orgasmus und sie lächelte mich an. Jetzt kam ich aus dem Staunen nicht mehr heraus.

Ich war nun der Meinung, dass es nur eine Frage der Zeit sein würde, bis auch sie die Wonnen ihrer Leibesmitte genießen konnte. Zuerst glaubte ich, dass der dichte Pelz auf ihrem Venushügel ein Hindernis sei, und wir arbeiteten daran mit einer Schere. In Erinnerung daran, dass ihre Klitoris zu empfindlich sei, versuchte ich es mit dem Mund. Das lehnte sie jedoch ab. Letztlich blieb alles vergebens, ein richtiges Lustgefühl und erst recht ein Orgasmus waren bei ihr nicht herbeizuzaubern. Trotzdem glaubte ich, dass sich noch alles zum Guten wenden würde. Das war wieder eine gigantische Fehleinschätzung.

In der letzten gemeinsamen Nacht hatte ich das Gefühl, dass sie einen Hauch von Leidenschaft entwickelte. Aber vielleicht entstand der Eindruck nur aufgrund meines Wunschdenkens. Ich versuchte bis zu ihrer Abreise, noch zu klären, wie sich unsere Beziehung weiter entwickeln könnte, doch sie wollte dazu wenig sagen.

In ihrem ersten Brief nach diesem Sommer erwähnte sie, dass ein ehemaliger Freund so nett sei und ihr Fahrstunden für den Führerschein erteile. Da wußte ich, was die Stunde geschlagen hatte und behauptete daraufhin, die Beziehung zu Andrea wieder aufgenommen zu haben, was nur teilweise der Wahrheit entsprach. Danach hörte ich lange nichts mehr von der Liebe meines Lebens.

6

Susi

In Susi war ich immer schon ein wenig verliebt. Es begann in gewisser Weise schon, als sie noch ein kleines Mädchen war. Sie war die jüngste von vier Geschwistern und diese waren die Töchter eines Freundes meines Vaters. Zu Anfang meines Studiums kam sie in die Pubertät und nach meinem ersten Examen war sie eine große dunkelhaarige gut aussehende junge Frau geworden. Ihre älteste Schwester war mit einem meiner Freunde verheiratet und wir unternahmen einmal alle zusammen, das heißt, einschließlich einer weiteren Schwester von ihr, eine Reise an die französische Atlantikküste. Während der gesamten Reise versuchte ich, ihr Interesse an mir als Mann zu wecken, ich hatte jedoch nicht die geringste Chance.

Etwa ein Jahr nach meinem spanischen Abenteuer mit Carmen traf ich Susi wieder anläßlich einer Geburtstagsfeier ihres Schwagers. Sie war zwar etwas mollig geworden, hatte aber immer noch den etwas kindlichen Charme, den ich schon immer an ihr mochte. Ich holte sie am Bahnhof ab, um sie zu der Geburtstagsfeier zu fahren. Sie bemerkte sofort mit einem Grinsen, dass ich Haschisch unter meinen Pfeifentabak gemischt hatte.

Bei der Feier ergab es sich, dass wir den ganzen Abend miteinander flirteten und ich anscheinend nicht mehr so uninteressant für sie war, wie damals am Atlantik. Sie erzählte mir, dass sie in Saarbrücken Musik studiert habe, dort gerade eine Gesangsausbildung absolviere und sich über einen Besuch von mir freuen würde. Einige Tage später rief sie mich an und lud mich zu einem Spaziergang im Pfälzer Wald ein, wo sie gerade bei ihrer älteren verheirateten Schwester zu Besuch war.

Es war ein schöner warmer Septembertag und wir redeten auf unserem Spaziergang sozusagen über Gott und die Welt. Wir ruhten uns auf einem gefällten Baumstamm aus und ich überlegte, wie ich ihr etwas näher kommen könnte. Da legte sie ihre Hand auf meine Schulter und sagte: „Jetzt muss es mal heraus, ich bin in dich verliebt." Sie sah mich dabei etwas unsicher lächelnd an. Ich legte meinen Arm um sie und erwiderte: "Du weißt, daß ich mich schon immer für dich interessiert habe und das hat sich im Wesentlichen nicht geändert." Das war nun wirklich die blödeste Liebeserklärung, die ich jemals abgegeben hatte. Trotzdem wirkte sie erleichtert und wir schlenderten, uns an den Händen haltend, zu meinem Wagen. Dort küssten wir uns und ich streichelte ihre runden und festen Oberschenkel unter dem dünnen weiten Sommerkleid.

Wir tranken danach noch etwas in einer Weinkneipe und bei mir stellte sich tatsächlich so etwas wie ein Gefühl des Verliebtseins ein. Beim Abschied versprach sie mir, dass wir uns bald in ihrer Wohnung in Saarbrücken treffen könnten und sie fügte lächelnd hinzu: „Da gibt es auch ein Bett, das wir dann eventuell gemeinsam benutzen können." Das war eine der wenigen Gelegenheiten, bei denen es eine Frau geschafft hat, eine leicht rötliche Färbung in meinem Gesicht zu erzeugen.

Zwei Wochen später fuhr ich nach Saarbrücken und besuchte sie in ihrer Wohnung. Sie empfing mich mit einem leidenschaftlichen Kuss und wir tranken zunächst in der Küche Kaffee. Es dauerte eine Weile, bis wir etwas lockerer wurden und uns erneut küssten und umarmten. Susi hatte ein hübsches Gesicht mit großen dunklen Augen und einen wohlgeformten sinnlichen Mund. Sie nahm mich bei der Hand und führte mich wortlos in ihr Schlafzimmer, wo sie die Vorhänge zuzog, so dass nur noch ein sehr gedämpftes Licht im Raum war. Wir entkleideten uns hastig und schlüpften unter die Decke.

Dabei bemerkte ich, dass ihre Figur doch ziemlich 'aus dem Leim' gegangen war. Zwar habe ich schon immer Frauen bevorzugt, die deutliche Rundungen besitzen, das hier erschien mir aber doch etwas zu viel des Guten. Ich begann, ihren Körper zu liebkosen. Das schien ihr auch sehr zu gefallen. Sie benutzte ihre Hände jedoch überhaupt nicht, um im Gegenzug die Landschaft bei mir zu erkunden, sondern legte sich auf den Rücken. Ich streichelte ihren Schoß und bekam eine halbherzige Erektion, wagte es aber nicht, sie um etwas hilfreiche Handarbeit zu bitten. Trotzdem gelang es mir, in sie einzudringen und dann wurde aus der halben Sache doch noch ein richtiger Schlagbaum.

Sie blieb weiterhin sehr passiv und keiner ihrer beiden Arme schlang sich um meinen Körper. Dabei genoss sie meine Bemühungen offensichtlich sehr, denn ihr Atem wurde lauter und verwandelte sich in ein regelrechtes Stöhnen. Ihr Körper wollte sich aber keinen Millimeter bewegen. Wie immer bei solch geringer weiblicher Aktivität blieb der Lustgewinn auf meiner Seite begrenzt und ich transpirierte vor lauter Anstrengung ziemlich stark. Ihr Stöhnen erreichte bald eine von mir noch nie gehörte Lautstärke und ich hoffte, dass die Wände eine gute Schallisolation besitzen. Immer wieder schwoll ihr Lustgeschrei an und ebbte auch wieder ab, um anschließend das alte Volumen zu erreichen oder es sogar noch zu übertreffen. Ihre Gesangsausbildung war offensichtlich nicht ohne Wirkung auf die Stimmbänder geblieben. Ich rätselte, ob das hier wohl ein Beispiel multipler Orgasmen sein könnte, war aber damit beschäftigt, zum Ende zu kommen, denn diese körperliche Anstrengung konnte ich nicht mehr sehr lange durchhalten. Natürlich hat man in dieser Situation wenig Zeitgefühl, aber nach meiner Erinnerung zog sich die Sache recht lange hin.

Einem Höhepunkt kam ich zunächst nicht näher, was wahrscheinlich auch daran lag, dass mich ihre gesangliche Darbietung zunehmend irritierte. Nun war es nicht so, dass es in ähnlichen Situationen in der Vergangenheit immer völlig ruhig zuging, das hier hatte jedoch etwas von einem schlechten Film. Als ich mich endlich entspannen konnte und mich von ihr löste, verstummte sie und ich war völlig erschöpft.

Ich war froh, dass es im Raum relativ dunkel war, denn bei mir machte sich eine gewisse Verlegenheit bemerkbar. Prinzipiell finde ich es gut, wenn Frau so hemmungslos ist, dass es auch hörbar wird. Auch ich habe gelegentlich meine Lust geräuschvoll untermalt, aber diese Kombination aus extrem passiver Ich-lass-mich-bedienen-Haltung und dem brünstigen Stöhnen kam mir schon sehr merkwürdig vor. Mir war sofort klar, dass mich das nicht zu einer Wiederholung reizen konnte.

Wir lagen noch eine Weile schweigend nebeneinander, bis sie mir erklärte, dass sie noch einen Termin habe, aber in einer halben Stunde wieder zurück sei. Ich nickte und sie schlüpfte in ihre Kleider. Als sie weg war, benutzte ich ihre Dusche und begab mich dann mit meinem Wagen auf die Autobahn, ohne ihre Rückkehr abzuwarten.

Ich habe mich nie wieder bei ihr gemeldet. Wir trafen uns erst mehrere Jahre später zufällig auf der Straße in Mannheim wieder, wo wir uns etwas überrascht und verlegen begrüßten. Sie kam glücklicherweise nicht auf die Idee, mich danach zu fragen, warum ich damals so plötzlich verschwand und nie wieder etwas von mir hören ließ.

7

Isabel

Der Sommer in jenem Jahr war sehr kühl und ich hatte Ferien. Von Andrea hatte ich lange nichts mehr gehört und auch sonst gab es weit und keine Frau, die mich interessierte oder eine, die vielleicht an mir Gefallen finden könnte. Ich überlegte, ob ich wieder spontan mein Auto bepacke und irgendwohin fahre, nur um den berühmten Tapetenwechsel herbeizuführen. Doch ich bekam den Hintern einfach nicht hoch.

Es war so ein Morgen, an dem ich keine Lust hatte, aufzustehen. Ich döste in meinem Bett vor mich hin, als das Telefon schnarrte. Am anderen Ende vernahm ich eine Frauenstimme, die spanisch sprach und etwas weit weg klang. Ich dachte sofort an Carmen, aber ihre Stimme war es nicht. Isabel? Ich kramte in meinem Gedächtniskasten. Eine Isabel kam da nicht vor. Sie half mir auf die Sprünge, indem sie etwas mit 'Fiesta' und 'tanzen' formulierte. Jetzt ging mir das berühmte Licht auf. Auf einer Fiesta in Spanien hatte ich tatsächlich mal den ganzen Abend mit einer talentierten Tänzerin verbracht, weil Carmen im Gegensatz zu der berühmten namensgleichen Opernfigur eher ein Tanzmuffel war.

Was ich dann zu hören bekam, erstaunte mich einigermaßen. Isabel wollte mich mit einer Freundin besuchen und sie würden mit dem Europa-Bus in zwei Tagen anreisen. Ich erklärte ohne zu überlegen mein Einverständnis, denn mir war jede Zerstreuung recht. Natürlich machte ich mir nach dem Gespräch so meine Gedanken, denn abgesehen von dem Tanzabend kannte ich Isabel kaum. Hatte das doch etwas mit Carmen zu tun und war sie vielleicht die Freundin, die mitreiste? Das erschien mir dann aber doch sehr unwahrscheinlich.

Zwei Tage später wurde das Rätsel gelöst. Es erschienen Isabel und Maria die etwas pummelige aus dem damaligen Vierergespann. Isabel begrüßte mich mit einem Kuss auf den Mund und Maria mit den in Spanien allenthalben üblichen Küsschen auf die Wange.

Obwohl ich damals traumhaft schön in einem geräumigen Jugend-stilhaus am Waldesrand in ländlicher Umgebung wohnte, waren die

28

Damen etwas enttäuscht. Das war ihnen zu einsam und sie wollten wohl etwas erleben. Ich bedeutete ihnen jedoch, dass wir mit dem Auto schnell alles Interessante einschließlich Großstadt erreichen könnten.

Ich spulte mal wieder mein bewährtes touristisches Programm ab und die Mädels schienen zufrieden. Beide hatten ein gemeinsames Schlafzimmer mit eigenem Bad in meinem Haus.

Am zweiten Abend tranken wir nach dem Abendessen eine Flasche Wein und Maria ging früh schlafen. Ich unterhielt mich sehr angeregt mit Isabel. Sie war Lehrerin und erschien mir intelligent, gebildet und vielseitig interessiert. Außerdem hatte sie einen feinen Humor. Ich fand sie sehr unterhaltsam. Als ich dabei war, eine neue Flasche Wein zu öffnen, streiften sich unsere Körper unabsichtlich. Ich fasste sie um die Taille und als ich keinen Widerstand bemerkte, küsste ich sie. Sie erwiderte meine Umarmung, während meine Hände ihren Hintern berührten. Ich flüsterte ihr ins Ohr, ob sie mit mir in mein Schlafzimmer gehen wolle und sie sagte klar und deutlich: 'Ja!". Dann entschwand sie aber erst mal. Ich machte es mir schon mal in meinem breiten Bett bequem. Dort sorgte ich für gedämpftes Licht und es dauerte nicht sehr lange, als sie splitternackt in mein Schlafzimmer trat. Solche Freizügigkeit war ich von spanischen Frauen nicht gewohnt und ich staunte nicht schlecht.

Nun hatte sie nicht gerade die Figur, die mich normalerweise in Verzückung versetzt. Sie wirkte eher knabenhaft schlank und hatte sehr kleine Brüste. Zwar bin ich kein Brustfetischist, aber diese Hügel waren so klein, dass sie eigentlich gar nicht vorhanden waren. Sie legte sich wie selbstverständlich zu mir und ich genoss es einfach mal wieder, die warme zarte Haut einer Frau zu spüren. Das lief dann auch, wahrscheinlich mit Unterstützung des konsumierten Weines, alles ganz locker ab und wir liebkosten uns innig. Meine Hand stellte auch bald den gewünschten Zustand im Bermuda-Dreieck her und ich glitt fast wie von selbst in das Tal der Wonnen. Als wir dort schon ein schönes Stück des Weges gegangen waren, wurde ich zur Vorsicht gemahnt, was hieß, dass Verhütung mal wieder von beiden Seiten übersehen worden war. Ich war jedoch schon in einem solch angetörnten Zustand, dass ein Abbruch schlimmste seelische Schäden bei mir hervorgerufen hätte. Ich erklärte, dass ich schon aufpassen werde, es gab den ersten Interruptus meines Lebens und ich zog mich auch wirklich im allerletzten Moment zurück. Ein solches Ende bringt für den Mann meist keinen befriedigenden Orgasmus und für die Frau regelmäßig gar keinen. So war es dann auch.

Nachdem sie sich unter der Dusche gereinigt hatte, sprach ich das Thema Verhütung an, aber anscheinend waren ihre Kenntnisse auf dem Gebiet nicht sehr entwickelt. Ich erwähnte, dass ich einen verhütenden Schaum im Hause habe. Sie erklärte, dass ihr das zu unsicher sei. Dem hielt ich entgegen, dass das, was wir gerade praktiziert hatten, noch ein Vielfaches gefährlicher sei. Sie war jedoch nicht zu überzeugen, deshalb brach ich die Diskussion ab.

Nachdem sie eingeschlafen war, dachte ich darüber nach, wohin das nun wieder führen sollte. Ein spanisches Abenteuer reichte mir eigentlich und verliebt war ich auch nicht. Dass eine Frau ohne mein Zutun 2000 Kilometer angereist kommt, um mit mir zu schlafen, obwohl ich sie kaum kannte, das würde mir niemand glauben. Das war also wieder eine Premiere.

Die Tage mit den beiden Mädels waren nett und Isabels Wesen gefiel mir eigentlich sehr. Ich bekam aber weder weiche Knie noch ein Kribbeln im Bauch.

Sie schlief zwar jede Nacht bei mir, ich musste sie freilich immer erst fragen, von selbst kam sie nie. Das Thema Verhütung wurde doch noch mit dem Schaum mehr oder weniger gut gelöst, sie war jedoch nie mehr so locker wie in der ersten Nacht. Morgens war bei ihr, wie früher mit Andrea, Sex tabu. Einmal gab es auch das Problem, dass sie schwer zu stimulieren war, aber mit viel Geduld kamen wir auch da zum Ziel. Sehr erfahren war sie offensichtlich nicht. Auch ihre Leidenschaft hielt sich in Grenzen, aber sie schien im Gegensatz zu Carmen doch eine gewisse Freude an der Sache zu haben. Sie hat wahrscheinlich nur einmal einen Orgasmus gehabt, als ich mit der Hand nachhalf.

Bei der Abreise versprachen wir, zu schreiben und zu telefonieren, was wir dann auch einige Male taten. Ich wollte jedoch nicht wieder eine Beziehung auf Distanz. Meine Erinnerung an sie verblasste bald. Bei ihrem letzten Anruf gab ich vor, Angst vor einer Reise nach Spanien zu haben, um sie nicht zu verletzen.

Bei einem späteren Besuch in Spanien habe ich sie noch einmal wiedergesehen und ich musste eingestehen, ihr Wesen hatte schon etwas Besonderes, aber für eine längere Bindung hätte das nie für mich gereicht. Mit Isabel war meine spanische Phase endgültig beendet.

8

Irene

Lange Zeit hatte ich wieder nichts mehr von Andrea gehört und es wiederholte sich die Phase: 'Eine Frau muss her!'.

Ich war Lehrer an einem Gymnasium, einer Ausbildungsschule, und da erschienen jedes Halbjahr neue Gesichter: Referendare und nicht zu vergessen Referendarinnen. Doch meist sprangen zwischen den Berufsanfängerinnen und mir keine Funken über. Ich trug einen Bart, weil das Andrea 'scharf' fand, und der wurde langsam grau.

In einer Freistunde sprach mich eine der Referendarinnen an und meinte spöttisch, ich sähe bald aus wie Hemingway. Sie unterrichtete Englisch, jetzt wurde ich zum ersten Mal auf sie aufmerksam. In meiner Phase (siehe oben!) fasste ich das als Anmache auf und begann die Dame zu beobachten. Sie schien mir nicht unattraktiv und verheiratet war sie anscheinend auch nicht. Ich kam jedoch schwer mit ihr ins Gespräch, sie zeigte mir meist die kalte Schulter. Da wir auch fachlich nichts miteinander zu tun hatten, ergab sich selten ein Kontakt. Einen solchen hatte ich jedoch zu den männlichen Azubis und eines Tages lud ich alle Referendare und ihre Kolleginnen zu mir nach Hause ein. Sie hieß Irene und kam auch.

Ich zeigte mich von meiner besten Seite und flirtete wie ein Weltmeister mit ihr. Sie schien jedoch nur mäßig begeistert. Beim Abschied in der Nacht drückte sie mir einen Kuss auf den Mund. Das ermunterte mich natürlich. Alle meine weiteren Annäherungsversuche waren allerdings vergebens, die Schulter blieb kalt.

Bei einem Schulfest setzte ich mich neben sie. Dabei konnte ich beobachten, wie sie ein Bier nach dem anderen trank, ohne dass mir auch nur die geringsten Anzeichen von Trunkenheit bei ihr auffielen. Diese Trinkfestigkeit bei einer Frau imponierte mir mächtig.

Dabei erfuhr ich, dass sie sehr kinobegeistert war und sich mit dem Medium auch während ihres Studiums auseinander gesetzt hatte. So lud ich sie halt eines Tages zu einem schönen Film ein. Anschließend tranken wir noch etwas in einem Weinlokal und machten einen

31

Spaziergang in der lauen Frühlingsluft. All das zusammen muss die kalte Schulter erwärmt haben, denn auf einem Hügel des nahen Odenwalds angekommen und mit Blick auf das Rheintal, legte sie plötzlich ihre Arme um mich und küsste mich leidenschaftlich. Damit war die Sache für mich klar.

Ich wollte natürlich bald mit ihr unter einer Decke stecken, aber bei nächster Gelegenheit in ihrer Wohnung, waren wir beide mal wieder unvorbereitet, was das Thema Verhütung angeht. Sie bot mir ein Kondom an. Ich hatte so etwas noch nie benutzt und auch eine Abneigung dagegen. Bevor es jedoch dazu kam, dass ich mir den Regenmantel mit ihrer Hilfe überstreifte, erlebte ich erst mal wieder eine Überraschung.

Wir waren mit Küssen und Liebkosungen schon weit fortgeschritten und meine Hand näherte sich ihrem Allerheiligsten. Doch ich fand es nicht. Irene war keineswegs korpulent, so dass es sich unter Speckfalten verstecken konnte. Ich kam mal wieder aus dem Staunen nicht heraus. Ich streichelte die Innenseite ihrer Oberschenkel und drückte diese sanft auseinander. Dann endlich, indem ich weiter in die dritte Dimension vorstieß, fand ich, was ich suchte. Ich atmete auf, was sie aber wahrscheinlich nicht bemerkte. Konnte die Anatomie der Frauen denn so unterschiedlich sein?

Die Sache erledigte sich dann aber erst mal, weil sich mit dem Kondom kein Gefühl bei mir einstellte, wie ich befürchtet hatte.

Irene nahm die Pille und ich hatte wieder regelmäßigen Sex. Der ist bekanntlich im Zustand des frischen Verliebtseins meistens häufig und oft auch gut. Irene bekam alledings fast nie einen Orgasmus und es lag sicher nicht daran, dass ich nicht lange genug durchhielt. Durch manuelle Nachbearbeitung durch mich oder sie selbst klappte es dann doch meistens. Ich grübelte darüber, ob das mit der oben beschriebenen Anatomie zusammenhängen könnte, gesagt habe ich jedoch nie etwas in der Richtung. Es änderte auch nichts daran, wenn sie zum Beispiel auf mir ritt und den Rhythmus selbst bestimmen konnte. Insgesamt schien ihr die ganze Sache nicht viel Spaß zu bereiten. Groß zu stören schien sie das auch nicht und wir sprachen leider kaum darüber.

Das Problem war nur, dass ich mit der Zeit zum ersten Mal in meinem Leben eine echte Sexualstörung bekam und zwar eine, von der ich nicht ahnte, dass es sie bei Männern überhaupt gibt. Ich bekam auch nach längeren Durchgängen keinen Orgasmus mehr, obwohl ich voll erregt war. Auch bei mir musste manuell nachgearbeitet werden, oder Irene nahm die Sache gleich gänzlich in die Hand.

Ich wollte meine Probleme nicht alleine Irene in die Schuhe schieben und suchte einen Sexualtherapeuten auf. Die Fragen, die dort diskutiert wurden, gingen meines Erachtens jedoch an der Sache vorbei, wie zum Beispiel: „Haben Sie etwa Angst, ihre Partnerin durch einen Erguss zu beschmutzen?"

Zwei Jahre plätscherte unsere Beziehung so dahin. Irene wollte mit mir zusammenziehen und eine Familie gründen, aber ich erfand immer wieder neue Ausflüchte. Instinktiv wollte ich nicht mit einer Frau zusammenleben, mit der Erotik nur unter großen Anstrengungen funktionierte. Wir passten wahrscheinlich nicht nur sexuell nicht zusammen und dann war es eines Tages zu Ende.

9

Doro

Um das Wichtigste gleich vorwegzunehmen: Doro war abgesehen von Andrea erotisch das Beste, was mir bis heute passiert ist, aber die Sache endete für mich in einer emotionalen Katastrophe.

Dabei hatte sie mich genau wie Lisa zunächst mal überhaupt nicht interessiert. Sie war Referendarin, unterrichtete jedoch an einer anderen Schule als ich und ich traf sie hin und wieder bei Bekannten oder in der Kneipe. Sie war durchaus attraktiv, hatte aber etwas aufgesetzt weibliches, das immer zu sagen schien: „Ich bin die begehrenswerteste Frau der Welt." Und etwas in ihren Blick erschien mir immer unecht. Anscheinend war sie auf Männerjagd. Das interessierte mich kaum, obwohl ich nach Irene mal wieder sehr ausgehungert war. Außerdem war ich an einer anderen Frau interessiert, bei der ich aber nicht die geringste Chance hatte.

Ich muss wohl für Doro so ziemlich der Einzige weit und breit gewesen sein, den sie für jagdbar hielt, denn sie inszenierte ein leicht durchschaubares Stück, um mich in ihr Bett zu kriegen.

Ein Kollege, bei dem ich oft zu Gast war, bekam den Auftrag, uns beide zusammen einzuladen, mich mit Alkohol fahruntüchtig zu machen und sie sollte mir dann eine Übernachtungsmöglichkeit bieten. Der Witz war nur, dass der Kollege ein großes Haus und jede Menge Platz hatte und, so lautete der Auftrag, Ausreden erfinden sollte, warum ich bei ihm nicht übernachten könne. Er weihte mich natürlich in den Plan ein, damit er sich nicht irgendwelchen unglaubwürdigen Blödsinn ausdenken musste und außerdem glaubte er, mir damit einen Gefallen zu tun.

Nun war ich doch geschmeichelt, dass jemand so viel, wenn auch nicht sonderlich intelligenten Aufwand betrieb, nur um mich in sein Bett zu zerren. Sie war ja nicht unattraktiv und ich, wie gesagt, ziemlich ausgehungert. Die Sache lief dank meiner unkomplizierten Mithilfe wie geplant und ich ging zu später Stunde mit ihr nach Hause. Es war ein angenehmer lauer Sommerabend. Ich wurde zunächst in die Küche geführt. Dort wurde eine Flasche Sekt geöffnet und die Dame entschwand erst mal. Ich nippte nur ganz vorsichtig an dem Sekt, an Shakespeares Torwächter in Macbeth denkend, dass der Alkohol zwar das Verlangen steigert, aber die Fähigkeit vermindert.

Als Doro zurück kam, war sie ein durchsichtiges Negligé gehüllt. Ein anerkennender Pfiff kam von meinen Lippen. Ich kam mir vor wie die Figur in einem Film. Die Sache begann mir Spaß zu machen. Wir nippten noch etwas an unserem Sekt und sie schlug vor, schlafen zu gehen. Nun weiß man ja, dass die wacheste Sache der Welt gern schamhaft mit 'schlafen' umschrieben wird.

In ihrem Schlafzimmer angekommen, wurde ich vor die Alternative gestellt, die Nacht entweder bei ihr im Hochbett oder unten auf der Gästematratze zu verbringen. Ich wollte kein Spielverderber sein und entschied mich für das Hochbett.

Dort war auch alles schon bestens vorbereitet: gedämpftes Kerzenlicht und Lavendelduft. Fast hätte ich alles verdorben, denn kaum lag sie neben mir, suchte ich gleich den Körperkontakt. Eigentlich hätte ich wissen müssen, dass hier zunächst ein verbales Vorspiel angesagt war. Sie reagierte deshalb erst mal verunsichert. Doch dann kam sie mir entgegen und wir küssten uns lange und ausgiebig. Ich war wieder zu ungestüm und verlangte, dass sie das Nachthemd auszieht. Auch darauf reagierte sie etwas unwirsch, aber dann musste das schöne Stück weg. Meine Liebkosungen wurden jedoch auch nicht mit Leidenschaft belohnt, was mich zu der Frage veranlasste, ob sie vor irgend etwas Angst habe. Ich hatte mich in der Vergangenheit schon diplomatischer verhalten. Von ihrem Körper ging ein betörender Geruch aus und das lag offensichtlich nicht nur an dem dezenten Duft eines Parfüms. Ein unangenehmer Körpergeruch kann nämlich nach meiner Erfahrung nicht durch künstliche Düfte übertüncht werden.

Sie lag zunächst regungslos da, um dann plötzlich ihre Hand zu meinem Glied zu führen, das schon anständig gewachsen war. Ich dachte erst, sie wolle den Zustand prüfen, jedoch begann sie sofort, es mit der Hand zu liebkosen. Damit nicht genug beugte sie sich nach unten, nahm meinen Stolz in den Mund und benutzte auf sehr geschickte Weise ihre Zunge. Zwar hatte ich mich von Andrea schon öfter auf diese Art stimulieren lassen, das hier schien jedoch mehr zu werden. Sie hörte einfach nicht mehr auf und ich bekam meinen ersten Orgasmus im Mund einer Frau.

Ich war schon sehr erstaunt und sagte das auch. Sie meinte, sie habe halt mal gerade Lust darauf gehabt. Merkwürdigerweise hat mir das bei dieser Frau, die ich kaum kannte, mächtig imponiert, dabei hätten bei mir alle Alarmglocken läuten müssen.

Wir schmusten noch eine Weile und ich schlief dann sofort ein. Am nächsten Morgen wachten wir etwa zur gleichen Zeit auf und sie sagte mit einer sanften etwas verschämten Stimme: „Guten Morgen lieber Hans." Dabei lupfte sie die Bettdecke und ich bekam für kurze Zeit ihren nackten Körper und das dunkle Dreieck zwischen den Schenkeln zu sehen. Ich war sofort wieder auf einhundertachtzig, rutschte zu ihr rüber und ein aufregendes Spiel begann. Sie hatte wunderschöne volle und feste Brüste an deren kleinen Warzen ich genussvoll nuckelte. Auch nach der Nacht betörte mich wieder der Duft ihrer Haut. Ich fühlte bald, dass auch sie bereit war und glitt in sie hinein. Das Schöne war, dass sie es genau so genoss wie ich. Zwar war das Ende für mich nicht ganz so toll wie am Abend davor, jedoch wurde ich dadurch entschädigt, dass wir offensichtlich beide fast zur gleichen Zeit zum Höhepunkt kamen.

Als ich über meine erste Nacht mit Doro nachdachte, erschien mir die Zukunft klar vorhergezeichnet: Regelmäßiger, unkomplizierter Sex, der wahrscheinlich auch ziemlich gut wird. Und vielleicht hatte die Frau ja noch andere Qualitäten, die ich in meiner von Vorurteilen behafteten Denkweise nicht sehen wollte. Dies war wieder eine gigantische Fehleinschätzung. Der Sex wurde wirklich sehr gut, aber meine Hormone schalteten den Verstand bei mir ab. Somit begann die unkritische Phase in meiner Beziehung zu Doro.

Zwar fragte ich gleich nach, ob es da noch andere Männer gäbe, die Antwort war jedoch eher ausweichend beziehungsweise diffus. Mit der Zeit stieß ich auf Spuren, die nahelegten, dass der letzte Mann vor mir nicht sehr weit in der Vergangenheit zu suchen war. Dass sie die Pille nahm, konnte einfach damit erklärt werden, dass sie auf alles vorbereitet sein wollte. Eine Sache erregte allerdings meine Aufmerksamkeit: Kurz bevor wir zum ersten Mal ins Hochbett stiegen, überreichte sie mir eine neue original verpackte Zahnbürste und sie hatte noch mehrere davon. Eine Ersatzzahnbürste hat mancher, aber gleich eine ganze Sammlung?

Wir verbrachten einige Tage im erotischen Rausch. Ich entdeckte wieder die 'Liebe am Nachmittag', so heißt, glaube ich, ein alter französischer Film. Dass man abends vor dem Einschlafen und morgens beim Aufwachen Sex hatte, war fast selbstverständlich. Aber der Nachmittag, eventuell nach einem guten Essen, ist einfach die Krönung. Man ist noch nicht zu müde und auch nicht schlaftrunken wie am Morgen. Doro mochte es auch sehr. Wir fielen zunächst gierig übereinander her. Nach einer halben Stunde entspanntem Dösen gab es meist nochmals einen langen genussvollen zweiten Akt.

Doro hatte einen Sommerurlaub mit ihrer Schwester auf einer Nordseeinsel geplant und schlug vor, dass ich mitfahre. Ich wollte jedoch nicht. Warum, weiß ich nicht mehr. Wir schrieben uns jeden Tag Liebesbriefe. Ihre waren immer etwas Besonderes. Sie bastelte Briefkuverts aus bunten Ausschnitten von Zeitschriften und ich dachte mir: „Die Frau hat's wirklich drauf." Nach ihrer Rückkehr gab es wieder Tage voller erotischer Exzesse. Sie war in diesen Dingen offensichtlich sehr talentiert. Ich genoss es in vollen Zügen.

Für ein Jahr hatte ich mich vom Schuldienst beurlauben lassen und für den September hatte ich einen Sprachkurs für Spanisch in Sevilla geplant. Den Kurs hatte ich schon gebucht, bevor ich Doro kennen lernte. In der letzten Nacht vor meiner Abreise liebten wir uns nochmals heftig, aber sie war bedrückt wegen meiner bevorstehenden Abwesenheit.

Aus Sevilla schrieb ich ihr Briefe, aber von ihr erreichte mich keiner. Ich telefonierte mit ihr, jedoch klang sie merkwürdig distanziert am Telefon. Sie erzählte mir nur von ihren Problemen im Referendariat. Ich ahnte, dass da etwas Übles im Busch war, verdrängte jedoch die Gedanken daran.

Bei meiner Rückkehr hatte ich einen freudigen Empfang erwartet, aber sie war unauffindbar. Ich fand in meiner Wohnung einen Gruß von ihr und einen von ihr gebackenen Kuchen. Ich war sauer. Später erfuhr ich, dass sie den Abend mit einem ihrer Kollegen in einer Kneipe verbracht hatte. Jetzt war ich stocksauer und hatte keine Lust, sie zu sehen. Sie rief mich an und beklagte sich, dass ich mich noch nicht mal für den Kuchen bedankt habe. Ich legte einfach auf.

Tage später begegnete ich ihr zufällig bei einem Bekannten. Sie erzählte mir von ihrer vielen Arbeit. Ich sah sie nur unfreundlich an und sagte kein einziges Wort. Sie verabschiedete sich mit heruntergezogenen Mundwinkeln. In mir kochte es.

Vor meiner Reise nach Sevilla hatte ich meine Wohnung gekündigt, um in Doros Nähe zu ziehen. Ich mietete mich im Hause des Kollegen Harry ein, der damals das Theater inszeniert hatte. Diese Nähe erwies sich jetzt eindeutig als Belastung.

Einige Tage später feierte ich mit Harry und gemeinsamen Freunden meinen Einzug. Ohne mein Wissen hatte Harry Doro eingeladen. Ich ignorierte sie den ganzen Abend. Sie trug eine schwarze hautenge Lederhose und mehrere der anwesenden Männer flirteten heftig mit ihr. Ganz gegen ihre sonstige Gewohnheit ging sie darauf jedoch kaum ein.

Als wir gegen zwei Uhr morgens beim Aufräumen waren, entdeckte ich, dass Doro als Einzige noch nicht gegangen war. Sie saß in einer Ecke am Boden und Tränen rannen über ihr Gesicht.

Zwar wußte ich nicht, warum sie weinte, aber das rührte mich jetzt doch. Ich setzte mich neben sie und streichelte ihre Wangen. Die Tränen versiegten aufgrund meiner Zuwendung schnell. Wir landeten, soweit ich mich erinnere, bald in meinem Schlafzimmer. Was sich dort genau abspielte, weiß ich nicht mehr im Detail. Es war wohl in gewisser Weise eine wiedervereinigende Versöhnung. Ich wachte jedenfalls morgens neben ihr auf und dachte: „Jetzt ist die Welt wieder in Ordnung." Die richtige Unordnung begann jedoch erst jetzt.

Um das Folgende leichter zu verstehen und um umständliche Schilderungen zu vermeiden, muss man wissen, dass Doro während meiner Abwesenheit in Sevilla wieder eine Beziehung mit meinem Vorgänger angefangen hatte, aber die lief offensichtlich nicht problemlos und deshalb benötigte sie jetzt wieder mich. Zwischendurch hat sie noch mit einem dritten Mann geschlafen. Es handelte sich dabei um eine alte Liebe aus ihrer Studentenzeit und er war verheiratet.

Für mich resultierte daraus, dass ich ständig einem Wechselbad von Anziehung und Abstoßung ausgesetzt war. Langsam aber sicher machte mich das psychisch fertig. Wahrscheinlich hätte ich durch beharrliches Nachfragen und Nachforschen den wahren Sachverhalt leicht herausfinden können, aber ich wollte wohl die Wahrheit nicht wirklich wissen.

Für Doro wurde die Angelegenheit offensichtlich auch zur mentalen Belastung, denn sie musste ein Gewebe aus Lügen und Ausreden spinnen. Ich bemerkte manchmal ein merkwürdig nervöses Zucken ihrer Gesichtsmuskeln. Ich wohnte nur ca. 200 Meter von ihr entfernt und einmal klingelte ich im Vorbeigehen bei ihr. Sie versuchte aufgeregt, mich an der Wohnungstür abzuwimmeln. Dabei ging im Hintergrund ihrer Wohnung ein Mann durchs Bild, den ich jedoch auf die Schnelle nicht identifizieren konnte. Mir war sofort klar, was da ablief und ich rief sie später an. Sie besaß am Telefon die Unverschämtheit, mich als nicht ganz zurechnungsfähig zu bezeichnen und mir Halluzinationen zu unterstellen. Danach riss der Kontakt geraume Zeit ab.

Eines Tages rief sich mich an und wollte mit mir ausgehen. Ich sagte zu und wir verbrachten einen netten Abend. Ich war wieder zu feige, die offensichtlichen Probleme anzusprechen. Die Nacht verbrachten wir in meinem Bett und sie wollte auf mir reiten, was eigentlich nicht zu ihrer bevorzugten Position gehörte.

Dann folgten wieder sehr viele Tage Abstoßung. Ich reagierte mit Kälte und machte mich rar. Da warf sie mir vor, dass ich nur deshalb den Kontakt mit ihr vermeide, weil sie nicht mehr mit mir schlafe. Auf meine Frage, warum das denn so sei, blieb sie die Antwort schuldig. Jetzt schien mir der richtige Augenblick gekommen, ihr zu erzählen, dass ich mit Freya (siehe zehnte Geschichte!) einer ehemaligen Kollegin gevögelt hatte. Sie war zunächst sprachlos, dann blickte sie mich wütend an und es brach aus ihr heraus: "Du bist auch nicht besser als andere Männer und ich eckle mich vor dir." Ich antwortete: "Und mit welchen Männern schläfst du?" Daraufhin verstummte sie und wollte das Thema nicht mehr weiter diskutieren.

Vor dem furiosen Finale gab es noch zwei Ereignisse, die erwähnenswert sind.

Eines Abends tauchte sie bei mir auf und nachdem wir etwas getrunken und geraucht hatten, fragte sie, ob sie bei mir übernachten dürfe. Ich willigte ein in der Erwartung, eine erotische Nacht zu erleben. Sie brauchte offensichtlich nur jemand, der sie einfach in die Arme nahm und tröstete. Wie kann man jemand trösten, wenn man die Ursache seines Kummers nicht kennt? Sie konnte sich denken, dass ich ahnte, dass sie eine Beziehung zu einem anderen Mann hatte. Ich hatte jedoch keine Lust, sie zu trösten, weil es mit dem Anderen mal wieder nicht wunschgemäß lief.

Sie trug eine aufreizende schwarze Unterwäsche, die ich noch nie an ihr gesehen hatte. Damit kam sie ins Bett. Daraus schloss ich, dass sie mich verführen wollte und warf alle Zweifel erst mal über Bord. Wie immer betörte mich auch diesmal wieder der gute Geruch ihres Körpers. Es gab eine lustvolle Entkleidungsszene und mich törnte an, dass ich mal wieder am Drücker war. Jetzt interessierte mich eigentlich nur noch ihr Körper und ich wollte ihn mal wieder besitzen. Was sie dabei empfand, war mir völlig egal. Dass sie es dann anscheinend genauso wie ich genoss, störte mich natürlich nicht.

Nachts, während wir beide schon schliefen, klingelte es an meiner Tür. Ich konnte vom Fenster aus mit dem Störer an der Eingangstür sprechen. Es war der von mir vermutete Liebhaber Klaus, der sich erkundigte, ob Doro bei mir sei. Ich bejahte das, mit der Bemerkung, dass sie schliefe und ob er noch bei Trost sei, uns nachts aus dem Schlaf zu klingeln. Er rief nur noch: „Vergiss es!" Dann zog er offensichtlich wütend ab. Ich weidete mich an seiner Eifersucht und ging gutgelaunt wieder ins Bett. Sie hatte offensichtlich von alledem nichts mitbekommen. Jedenfalls hatte ich jetzt Gewissheit, dass Doro ein Bäumchen-wechsle-dich-Spiel mit Klaus und mir betrieb. Dieses Wissen gab mir vorübergehend ein Gefühl der Überlegenheit.

Als ich ihr den Vorfall am nächsten Morgen erzählte, war sie ganz aufgeregt und beklagte sich, weil ich Klaus die Wahrheit gesagt hatte. Für mich war endgültig klar, wohin der Hase lief, das deprimierte mich aber auch, weil ich wusste, dass ich auf längere Sicht verlieren musste.

Bis zu ihrem Examen zwei Wochen später hörte ich nichts mehr von ihr. Ich rief sie an und gratulierte ihr. Sie bedankte sich und lud mich zum Nachmittag in ihre Wohnung ein. Dort traf ich ihren älteren Bruder an und Doro erzählte mir, dass der Bruder eine Reise ins Elsaß spendiert habe, selbst aber nicht mitfahren könne. Sie fragte mich, ob ich nicht die Stelle des Bruders übernehmen könne. Ich bat mir Bedenkzeit aus. Es war mir wohl klar, dass ich einfach mal wieder gebraucht wurde, zum Beispiel weil ich einen Wagen hatte, aber ich schaltete meinen Verstand wieder ab und hoffte auf mehrere Tage voller erotischer Abenteuer. So geschah es dann auch.

In der ersten Nacht im gemeinsamen Hotelzimmer ergriff sie mal wieder die Initiative. Sie streichelte mich am ganzen Körper und befriedigte mich mit der Hand. Später habe ich darüber nachgedacht und glaube, das war das Maximum in ihren Augen, um ihrem Geliebten nicht untreu zu werden und erst mal Ruhe vor mir zu haben.

In der zweiten Nacht wollte ich das Ruder in die Hand nehmen, aber sie bat mich, sie mit dem Mund zu stimulieren und das habe sie sich doch schon immer gewünscht, nur ich habe mich immer taub gestellt. Daran konnte ich mich zwar nicht erinnern, aber ich erfüllte ihren Wunsch. Als ich glaubte, dass sie genug erregt war, wollte ich nach oben kommen, um den Missionar zu spielen. Sie fragte jedoch, warum ich aufhöre und ich führte sie mit meiner Zunge zum Höhepunkt. Als ich dann doch noch missionieren wollte, versagte mir mein vertrauter Gehilfe den Dienst und ich war stark frustriert.

In der dritten Nacht hatte ich bewusst ein mir bekanntes Verführerhotel mit rotem Plüsch angesteuert. Es lief erst mal gar nichts, außer dass ich ihre Brüste streicheln durfte. Als sie dann doch nicht abgeneigt schien, bekam ich nur eine halbherzige Erektion und konnte nicht eindringen. Jetzt war sie frustriert und warf mir vor, das läge nur daran, dass ich sie nicht mehr attraktiv fände. Nun verstand ich die Welt nicht mehr.

Tagsüber, wenn wir zu Fuß unterwegs waren, hielt sie ständig Händchen mit mir, als seien wir frisch verliebt. Ich hatte nichts dagegen, konnte das aber auch nicht deuten.

In der vierten und letzten Nacht hatte ich erneut ein besonders romantisches Hotel ausgesucht, das auch für seine gute Küche bekannt war. Nach gutem Essen und Wein kam ich auf meine Schwäche in der vergangenen Nacht zu sprechen und erwähnte, dass ich das mit Andrea auch schon mal erlebt habe, diese mir aber mit Verständnis aus der Lage geholfen habe. Damit, dass ich Doro nicht attraktiv fände, habe meine Schwäche nun wirklich nichts zu tun.

Das war sehr geschickt von mir, denn meine Worte stachelten ihren Ehrgeiz an, nach dem Prinzip: „Was andere Frauen können, kann ich schon lange." Im Bett begann sie fern zu sehen und mir fielen die Augen zu. Als sie es bemerkte, schaltete sie den Fernseher sofort ab und fragte, warum ich denn nicht sage, dass mich das Fernsehen langweilt. Wir legten uns nieder und begannen mit dem Liebesspiel, wobei sie mit ihrer Hand so gute Arbeit leistete, dass ich eine mächtige Erektion bekam und sofort über sie herfiel. Wahrscheinlich wegen des vorausgegangenen Frustes, ging ich dabei sehr heftig vor und kam sehr schnell zum Höhepunkt, so dass ich hinterher ganz außer Atem war. Sie machte sich über meine Atemlosigkeit lustig, führte dann aber meine Hand zu ihrem erhitzten Schoß und ich musste bei ihr Nacharbeit bis zum Orgasmus leisten. Danach schliefen wir beide sofort ein.

In der Nacht weckte sie mich und bedeutete mir, dass sie wegen meines Schnarchens nicht schlafen könne. Sie war ganz deprimiert und sagte, ich solle ja nicht glauben, dass jetzt alles wieder wie früher sei. Ich verstand und gab ihr eine Chance, vor mir einzuschlafen. Bei mir stellte sich richtiger Schlaf sowieso erst kurz vor dem Morgen ein. Wir machten am nächsten Tag zu Fuß eine Tour durch Colmar und es war wieder Händchen halten angesagt.

Nach unserer Rückkehr war ich erst mal wieder abgemeldet und es ging mir sehr schlecht. Nach einigen Wochen kam es dann zum Finale und für mich zu einem vorübergehenden Triumph.

Eines Abends tauchte Lothar ein Referendar bei mir auf, mit dem ich quasi befreundet war. Ich wusste allerdings bis dahin nicht, dass er wiederum mit Klaus dem Liebhaber von Doro befreundet war.

Sie erschienen beide zusammen und Klaus wollte mich alleine sprechen. Mir war klar worüber, aber ich kannte Klaus nur oberflächlich und wollte seine Fragen über Doro und mich zunächst nicht beantworten. Die beiden luden mich anschließend in ein Lokal im Odenwald ein und hofften, mit etwas Wein meine Zunge zu lockern. Ich stellte mich jedoch zunächst stur. Am späten Abend lud ich Klaus zu mir in die Wohnung ein und bei spanischem Cognac erzählten wir uns gegenseitig, was wir beide längst ahnten.

Klaus muss anschließend gleich zu Doro gefahren sein und ein längeres Gespräch mit ihr gehabt haben. Nachts um vier bekam ich einen Anruf von ihr. Sie fragte mich mit weinerlicher Stimme, warum ich Klaus alles erzählt habe. Ich antwortete: „Damit dein Lügengebäude endlich zusammenbricht" und genoss einen kurzen Triumph.

Sie bat mich am nächsten Tag zu sich und wollte wohl noch etwas retten, denn jetzt schienen ihr alle Felle davon zu schwimmen. Ich konnte jedoch nicht auf jemand, der sowieso schon am Boden lag, auch noch treten und blieb versöhnlich. Für mich war die Sache trotzdem erledigt, denn ich hätte ihr nie wieder vertrauen können. Wochenlang litt ich wie ein geprügelter Hund und das war viel für eine Frau, die mich anfangs gar nicht interessiert hatte.

Ein Jahr später erfuhr ich von Lothar, dass Klaus und Doro geheiratet hatten und ein Kind erwarteten. Ich hatte nur einen Gedanken dazu: „Sollte ich Klaus beneiden oder eher bedauern?"

10

Freya

Nach meinem Aufenthalt in Sevilla, als ich den Kontakt zu Doro abgebrochen hatte, suchte ich nach Ablenkung. Außerdem wollte ich Doro eins auswischen. Freya schien mir für beides geeignet.

Sie war eine ehemalige Kollegin, nur wenige Jahre jünger als ich, groß und dunkelhaarig. Ich wußte, dass ihre Ehe längst kaputt war. Ihr Mann hatte eine Freundin und sie offensichtlich hin und wieder mal eine Affäre mit einem Kollegen. Schon bevor ich Doro kannte, gab es immer mal wieder den Versuch, uns mal etwas näher kennen zu lernen, aber es wurde nie was Richtiges daraus. Das hing unter anderem damit zusammen, dass sie zu den Frauen gehörte, die erobert werden wollten und mein Jagdeifer hatte mit den Jahren etwas an Schwung verloren.

Ich traf sie mit ehemaligen Kollegen in einer Weinkneipe und flirtete gezielt mit ihr. Sie spielte mit und nahm sofort eine Einladung in meine Wohnung an. Dort ergriff ich die Initiative. Wir küssten uns leidenschaftlich und ich bemühte mich um ihren gut gebauten Hintern. Dann riss sie sich jedoch plötzlich los, indem sie bemerkte, heute sei nicht mehr drin, vielleicht irgendwann mal in den nächsten Tagen.

Eine Woche später tauchte sie bei mir auf und wir tranken zusammen Kaffee. Als sie ging, machte sie aus dem Abschiedskuss eine besondere Nummer, indem sie ihren Körper wollüstig an mir rieb, bevor sie verschwand. Wollte sie damit bei mir die kleine Flamme am Brennen halten, oder was sollte das?

Sie rief ein paar Tage später aus der Schule an und meinte, sie habe gerade eine Freistunde, aber das sei ja wohl zu kurz für eine erotische Begegnung. Sie würde mich morgen am Nachmittag besuchen, dann hätten wir mehr Zeit.

Ich hatte meine Wohnung aufgeräumt und das Bett frisch bezogen. Es konnte also losgehen. Gegen 15 Uhr erschien sie, in einem schönen langen Kleid und dezent geschminkt. Ihr Parfüm war nicht ganz mein

Geschmack, etwas zu süß. Da war ich verwöhnt, Doro roch immer sehr gut und unaufdringlich.

Wir kamen ohne Umschweife zur Sache, indem wir uns gegenseitig entkleideten. Ich hatte bald nur noch einen roten Slip an. Sie trug so einen Body, den ich bisher nur in Werbung für Unterwäsche gesehen hatte. Das Ding hatte eine graue Farbe und wirkte auf mich keineswegs erotisierend. Sie meinte, das trage sie extra für mich und es sei sehr praktisch. Dann demonstrierte sie mir, dass man es im Schritt aufknöpfen kann und war wohl der Meinung, dass diese Vorführung mich anmache. Bei mir stellte sich aber eher der gegenteilige Effekt ein und ich bereute schon mein Vorhaben. Das Ganze schien mir mehr und mehr ein Kontrastprogramm zu den Abenteuern mit Doro zu werden. Endlich verschwand der Body und wir bestiegen mein breites Bett.

Gemessen an ihrem Alter hatte Freya eine knackige Figur. Das entschädigte mich für das Entkleidungsvorspiel und ich kam doch langsam auf Touren. Sie war auf erotischem Gebiet sehr erfahren, aber wir landeten zunächst mal bei der 'Standarderöffnung', wie der Schachspieler sagen würde, das heißt ich oben. Rein technisch hatte ich keine Probleme, manchmal erscheint jedoch Mann diese Position unbequem, das ist wohl situationsbedingt und hängt auch vom Grad der Leidenschaft ab. In diesem Falle erschien mir mein Vorgehen ein wenig wie lustvolle Arbeit, soweit es so etwas überhaupt gibt. Ihr entging das nicht und plötzlich rief sie: „Erster!"

Ich dachte, sie will mich veralbern, aber anscheinend hatte sie sich tatsächlich vor mir einen Höhepunkt verschafft. Eine solche Geschwindigkeit hatte ich vorher bei keiner Frau erlebt und die waren ja nicht alle total gehemmt. Dann sagte sie: „Da oben ist es doch sehr unbequem, drehe dich um!" Ich folgte ihren Anweisungen, sie setzte sich rittlings auf mich und brachte auch mich mit ihrer Hand zur Entspannung. Danach fing sie plötzlich an, darüber zu philosophieren, dass Mann manchmal sofort wieder bereit sei, denn das benötige sie jetzt. Nun hatte ich so etwas zwar einmal mit Andrea geschafft, aber in der Regel braucht Mann eine Ruhepause von 15-30 Minuten, bis er wieder einsatzfähig ist. Ich musste sie daher enttäuschen. Sie zog ein langes Gesicht und legte sich neben mich.

Wir schwätzten eine Menge belangloses Zeug und tatsächlich, nach einiger Zeit hatte ich das Bedürfnis, sie zu streicheln und war bald wieder voll auf Touren. Leider landeten wir wieder in der angeblich von Missionaren bevorzugten Position, aber diesmal erschien es mir merkwürdigerweise nicht als Fronarbeit. Ich hatte schon früher bemerkt, dass sie einen knackigen Hintern besaß und schob meine Hände dorthin, denn das konnte mich zusätzlich antörnen. Für sie hatte das aber den Nachteil, dass das gesamte Gewicht meines Oberkörpers auf ihr lastete. Das kann dazu führen, dass Frau nicht mehr richtig atmen kann.

Freya schien damit jedoch kein Problem zu haben und bewegte sich mit der unteren Hälfte ihres Körper um so heftiger. Dann begann sie, mit ihren Fingernägeln auf meinem Rücken zu kratzen, als wolle sie damit ihre Ekstase demonstrieren. Das war zwar nicht schmerzhaft, aber auch nicht gerade lustvoll für mich. Dabei rief sie andauernd: „Komm, komm!" Sie befürchtete wohl, dass sie wieder als erste ins Ziel gelangt. Ich tat, was mir befohlen wurde und sie stöhnte.

Damit hatten wir unser erotisches Soll für den Tag erfüllt. Nach etwas Geplauder verabschiedete sie sich. Wir begegneten uns zwar danach noch ein paarmal, ich hatte jedoch zu einer Neuauflage nicht den rechten Antrieb, zumal ich immer noch an Doro interessiert war. Wer trinkt schon gern billigen Sekt, wenn er weiß, dass es auch Champagner gibt?

Epilog

Die zehn Geschichten hatten fast alle eine Fortsetzung. Nach dem Ende der Beziehungen kreuzten alle Frauen zumindest noch einmal meinen Weg.

Bei Doro war es nur eine kurze Begegnung im Supermarkt, die sich auf einen verschämten Gruß beschränkte, Nani (immer noch Schülerin) traf ich bei einem Praktikum an ihrer Schule. Carmen und Isabel sah ich bei einem kurzen Besuch auf meiner Fahrt zum Spanischkurs nach Sevilla. Lisa lebte lange in Freiburg. Wir besuchten uns hin und wieder und wir sahen uns natürlich beim Scheidungstermin. Daddy traf ich Jahre später zufällig bei einer Demonstration in Frankfurt. Mit Andrea hatte ich ja noch über mehrere Jahre immer mal wieder Kontakt und sie war die Einzige von den zehn Frauen, mit der dann auch erotisch wieder was passierte, so zum Beispiel direkt nach dem Fiasko mit Doro. Auch Irene traf ich nochmals zusammen mit ehemaligen Referendaren. Freya sah ich mehrmals, bis sie sich an eine Schule in einer anderen Stadt versetzen ließ. Abgesehen von Doro und Susi waren die Trennungen letztlich freundschaftlich verlaufen.

Interessant finde ich noch, dass drei der Frauen, nämlich Lisa, Carmen und Andrea nach dem Ende unserer Beziehungen Psychologie studierten. Ein Schelm ist, wer Schlechtes dabei denkt!

Danach hatte ich, abgesehen von den laufenden Kontakten mit Andrea, nur noch flüchtige erotische Begegnungen mit Frauen. Und heute bin ich wieder in der Phase: 'Eine Frau muss her!' Das Büchlein könnte wohl durchaus noch eine elfte Geschichte vertragen.